손의 기억

안중익 소설집

"잃어버린 줄 알았던 온기는
가장 늦은 순간 다시 찾아온다"

도서출판 청어

손의 기억

안중익 지음

작가의 말

누군가 왜 소설을 쓰냐고 묻는다면, 대답 대신 소설의 시작의 원점(原點)을 가만히 반추해 볼 것 같다. 그것은 "너는 왜 태어났니?"라는 물음만큼이나 명쾌하게 답하기 어려운 질문이기 때문이다. 그 물음 앞에 서면 늘 '인연'이라는 단어를 떠올리게 된다. 씨앗(因)과 햇빛, 물, 흙(緣)이 만나 기어이 꽃을 피워내듯, 수많은 원인과 조건이 모여 비로소 하나의 만남이 이루어지는 경이로운 일. 내가 글을 쓰게 된 것도, 그리고 이 글이 누군가의 손에 닿게 되는 것도 모두 그런 귀한 인연이라 믿는다.

내가 생애 처음으로 쓴 소설은 편지였다.

아카시아꽃이 흐드러지게 피던 어느 6월, 중학교 2학년이던 나는 선생님의 권유로 월남전 현장에서 사투를 벌이던 군인들에게 위문편지를 쓰게 되었다. 출석부 명단으로 받은 친구 이름들, 무려 예순 통의 편지. 나는 친구들의 이름을 빌려 한 달에 한 번씩 정성스레 편지를 썼다.

"국군 아저씨께."

그렇게 시작된 편지에는 아카시아 꽃향기와 교실 창가의 평화로운 풍경이 담겼고, 어린 마음으로는 다 이해할 수 없었던 전쟁에 대한 근원적인 물음도 스며 있었을 거다. 다정하게 답장을 보내온 이도 있었고, 끝내 아무런 기척이 없던 이도 있었다. 그중 누군가는 저 먼 타국의 밤하늘에서 별이 되었을지도 모른다는 생각을, 오래도록 가슴에 품고 자랐다. 그 뒤로 글을 쓸 때마다 내 펜 끝의 출발점은 늘 '왜'라는 질문이었다.

왜 우리는 만났고, 왜 사랑했으며, 왜 떠나야 했는지. 그리고 왜 우리는 온전히 행복하지 못한지.

그 끈질긴 질문들이 인물을 빚어냈고 이야기를 직조해 냈다. 이 책에 묶인 단편들 또한 내가 통과해 온 그 '왜'의 시간들이 남긴 무늬이다.

어머니의 손끝에서 느끼던 투박한 따스함,
민달팽이처럼 느릿하게 생을 견디던 이들의 발자취,
떠나간 이들에 대한 저릿한 그리움과 염원.
내 미래에 대한 발원.

내 글은 결코 완전하지도, 매끈하지도 않다. 때로는 들쭉날쭉하고 모난 구석이 그대로 남아 있을지도 모른다. 그러나 이것은 멈추지 않고 흘러온 순간들의 정직한 기록이며, 절대 잊지 않으려 애썼던 마음의 지극한 흔적이다.

글을 쓰는 일은 누군가에게 닿을 위로를 꿈꾸는 과정인 동시에, 나 스스로를 지키는 숨구멍을 찾는 일이었다. 나의 진심이 타인의 일상에 자연스럽게 스며들기를 바란다.

고마운 인연들에게 이 글을 마침표 대신 전한다.

2026년 봄,

안중익

서시序詩

나는 오래전의 손을 기억한다.
잡고 있었는지, 놓치고 있었는지는 알 수 없지만.

손은 이상하다.
말보다 먼저 마음을 건네고,
떠난 뒤에도 오래 남는다.

그 온기를 나는 한동안 잊고 살았다.
아니, 잊었다고 믿고 있었다.

그러다 어느 날,
낯선 손 하나가 내 손등 위에 얹혔다.

그 순간,
오래전의 손의 기억이 조용히 돌아왔다.

차례

런던의 두 퀸

하이드파크에서 만난 여왕

그곳에는 두 명의 퀸이 있었다. 머리에 왕관을 쓰고 조국을 다스려온 위대한 여왕과, 딸과 손자를 돌보러 온 김 여사. 그 둘은 결은 다르지만 분명 각자의 영토를 지키는 퀸이었다.

*

"유심? 그게 뭐여?"

김 여사가 눈을 동그랗게 뜨고 묻자, 딸 경주는 한 손으로 이마를 짚더니 끌끌 혀를 찼다.

"핸드폰을 그렇게 오래 써놓고도 유심이 뭔지 몰라요?"

경주는 들고 있던 가방을 뒤적여 작은 비닐봉지 하나를 꺼내 김 여사 손에 쥐여주었다. 봉지 안에는 손톱만 한 금속 조각이 들어 있었다.

"이게 엄마 핸드폰에서 뺀 한국 유심이에요. 한국 돌아가면 다시 써야 하니까 잘 보관해요."

"그게 무슨 말이냐고?"

"전화기 안에는 유심이라는 칩이 들어 있는데 그걸 나라에 맞게 바꿔 넣어야 통화가 돼요. 그래서 한국 건 빼고 런던 걸로 갈아 끼웠어요."

딸은 알아들을 수 없는 말을 속사포처럼 쏟아내더니 현관문을 열고 휑하니 집을 나갔다. 김 여사는 손에 든 유심이라는 것이 핸드폰 어디에 들어있었는지 감이 잡히지 않아 이리저리 돌려봤다.

"전화기에도 심장 같은 게 있다능겨?"

그때 문이 다시 벌컥 열리고, 얼굴만 빼꼼히 들이민 딸이 소리쳤다.

"데이터 용량 떨어지면 전화 안 되니, 떨어지기 전에 미리 말해줘요."

서울에서는 이런 걱정을 해본 적이 없었다. 아들이 때맞춰 휴대폰을 바꿔주고, 필요한 앱도 알아서 깔아줬다. 단축 번호 1번은 남편, 2번은 아들, 3번은 딸. 번호만 누르면 곧바로 연결됐고, 주소며 생일도 전화번호 아래 가지런히 저장돼 있었다. 유심이란 것이 휴대폰 안에 들어있다는 말을 언뜻 들어본 적이 있던 것 같긴 한데, 빼놓은 걸 본 것은 처음이라 낯설었다.

'사람도 아닌 것이 무슨 배짱으로 마음까지 품고 사는 겨.'

김 여사는 혼잣말을 중얼거리며 손에 쥔 금속 쪼가리를 다시 비닐봉지에 넣었다. 그리고 캐리어 주머니 깊숙한 곳으로 밀어 넣어 버렸다. 당분간은 꺼내지 않아도 될 듯해서였다.

사실 김 여사가 걱정하는 건 이 금속 쪼가리가 아니었다. 서울 집은 번호 키라 열쇠를 챙길 일이 없었다. 그런데 이곳 런던은 아직도 누렇게 빛바랜 쇠 열쇠를 썼다. 혹시라도 열쇠를 집에 두고 나가거나 잃어버리기라도 하면 집에 들어오지 못한다고 딸은 몇 번이나 겁을 줬다. 어제는 아예 현관문 위에 못을 박더니 열쇠를 거기에 걸었다.

"문 앞에 서면 바로 열쇠가 보이니까, 꼭 가지고 나가고, 들어오면 여기에 다시 걸어요."

김 여사는 그렇게 내가 미덥지 않냐고 한소리하고 싶은 걸 꾹 눌러 참았다.

김 여사의 기억이 자주 오락가락하는 게 걱정되기 때문일 것이었다.

김 여사가 런던까지 오게 된 건 초등학교 1학년 손자 때문이다. 딸 경주가 K사 주재원으로 2년간 발령을 받자, 따라가 손자를 돌봐 줄 사람이 필요했다. 딸은 김 여사가 손자를 등하교시키고 집안일을 거들어 주길 바랐다. 말하자면 도우미를 원한 셈이었다.

도우미치고는 김 여사 나이가 적지 않은 데다 영어도 못 한다는 게 흠이라면 흠이었다. 그러나 김 여사가 선뜻 대답을 못한 건 정년을 앞둔 남편을 여섯 달이나 혼자 두고 집을 비워야 하는 일이었다.

그런데 뜻밖에도 남편이 더 담담했다.

"나는 괜찮아. 당신이 그 낯선 나라에서 어떻게 지낼지가 더 걱정이지."

곁에 사는 아들과 며느리가 필요하면 언제든 도울 테니 걱정 말고 다녀오라고 했다.

"어머니, 딸 키우면 비행기 탄다더니 런던 생활도 하게 됐네요."

가족들의 등 떠밀림에 용기를 낸 김 여사는 그날로 집안일을 맡길 도우미를 구했다.

"이분은 직급이 '퀸'입니다."

소개소 소장은 어깨를 으쓱하며 말했다.

"퀸은 우리 회사에서 제일 일 잘하는 분에게 붙여주는 직급입니다."

그 말이 끝나기 무섭게, 퀸이라는 도우미는 청소며 세탁, 고양이 두 마리를 돌보는 일쯤은 걱정할 것 없다고 자신있게 말했다. 딸이 바이올린을 전공하면서 학비를 벌기 위해 시작한 도우미 일이 벌써 이십 년이 넘었다고 했다.

"이 집도 자식 일이 최우선이네요."

퀸은 웃으며 말했지만, 김 여사는 듣기 거북했다. 사실 틀린 말도 아니었다.

그렇게 김 여사는 살림을 퀸에게 맡기고, 런던에 왔다. 예순을 훌쩍 넘긴 나이에 손자를 돌보러 지구 반대편까지 날아온 김 여사의 용기야말로, 현존하는 퀸일 수 있었다.

*

두 개의 캐리어를 끌고 비행기에서 내릴 때부터 김 여사는 줄곧 불안했다. 히스로공항의 유리문이 열리며 낯선 공기가 얼굴에 닿자, 목덜미로 스며드는 습기가 끈끈했다. 코끝에 닿는 이국의 냄새. 생각보다 먼저 깨어난 것은 후각과 청각, 그리고 시각이었다. 낯섦은 그렇게 먼저 몸을 두드렸다. 매끄러운 공항 바닥을 긁는 캐리어 바퀴 소리마저 다른 차원으로 넘어온 듯 이질적으로 들렸다.

공항 출구를 막 빠져나온 김 여사 곁으로 사람들이 빠르게 스쳐갔다. 그중 한 남자가 두 개의 캐리어로 길을 막는 김 여사를 힐끗 보더니 통행에 방해가 된다는 듯 거칠게 어깨를 밀었다.

"Get out of the way."

김 여사는 중심을 잃고 한쪽으로 밀려났다. 유럽인 특유의 가는 갈색 머리칼을 휘날리며 아무 일도 없었다는 듯 계단 아래로 사라지는 남자의 뒷모습을 바라보다 슬쩍 욕이 튀어나왔다.

"썩을."

한 손으로 그가 밀치고 간 어깨를 어루만졌다. 세게 부딪힌 탓인지 우리한 통증이 남아 있었다. 고개를 돌리니 공항 통유리 너머로 비에 젖은 히스로공항의 긴 활주로가 보였다. 날개가 젖어 더는 날 수 없는 새처럼, 육중한 비행기들이 활주로 위에 오도카니 앉아 있었다. 비가 쉼 없이 쏟아졌다. 김 여사는 젖은 날개를 털 듯 긴 비행으로 굳은 몸을 좌우로 가볍게 흔들었다. 그리고 두 개의 캐리어를 끌고 천천히 걸음을 옮겼다. 여왕이 살았던 도시, 런던을 향해서.

주차장 초입, 검은색 우버 택시 곁에 바바리코트를 입은 딸과 손자가 서 있었다. 김 여사를 발견한 손자가 힘차게 손을 흔들며 소리쳤다.

"하이, 그램맘 웰컴!"

한 달 만의 해후였다. 기사가 다가와 캐리어를 받아 차에 실었다. 딸은 김 여사가 인천공항 면세점에서 산 담배 한 보루를 기사에게 선물처럼 건넸다. 김 여사가 이유를 묻듯 바라보자, 딸이 눈을 찡긋하며 옆구리를 툭 쳤다.

"모른 척해요. 여기선 담배 한 보루가 택시비보다 비싸요."

*

이튿날 아침, 김 여사는 손자의 손을 잡고 하이드파크를 가로질러 학교로 향했다. 아침 안개가 옅게 깔린 공원은 고요했고, 밤새 내린 비를 머금은 잔디는 걸음을 옮길 때마다 신발 끝을 축축하게 적셨다. 학교 교문 앞에 다다르니, 헤드티처가 나와 아이들과 일일이 눈을 맞추며 인사를 건네고 있었다.

"Hi, Jayden. Have a good day."

"Thanks, teacher. Have a good day."

교장은 손자의 이름을 부르며 정답게 인사했다. 이어 곁에 선 김 여사에게도 손을 내밀었다.

"Hello, Jayden's grandma. Nice to meet you. From Korea?"

"Yes. I came here yesterday. Nice to meet you, too. 반가워요."

준비해 온 인사말을 속사포처럼 쏟아낸 김 여사는 어색한 미소를 지었다. 키가 크고 날렵한 체구의 그는 아이들이 모두 교실로 들어간 뒤 학부모들을 향해 손을 흔들어주고는 학교 건물 안으로 사라졌다. 교문 앞은 여전히 다국적 언어들이 뒤섞여 소란스러웠다. 김 여사는 그 소음을 등 뒤에 두고 다시 공원을 가로질러 집으로 발길을 돌렸다.

"후유…."

현관문을 열고 들어서자 참았던 한숨이 터져 나왔다. 겨우 인사 몇 마디 나눈 게 전부인데 온몸이 물먹은 솜처럼 무거웠다. 낯선 도시에서의 첫 소임을 마쳤다는 안도감을 한 잔의 커피로 달래며 김 여사는 집안을 둘러보았다. 집 안 곳곳에는 딸과 손자가 벗어놓고 간 옷들이 매미 허물처럼 흩어져 있었다. 김 여사는 옷을 갈아입고 본연의 일을 시작했다. 옷을 정리해 걸고 세탁기를 돌렸다. 바닥을 쓸고 닦은 뒤 빈 상자와 쓰레기봉투를 들고 아래층으로 내려왔다.

1층 로비에서 마주친 관리인이 환하게 웃으며 인사를 건넸다.

"Hello, Madam."

런던에서 김 여사가 얼굴을 보고 인사를 나눌 수 있는 단 한 사람의 이웃이 그였다. 그는 로비 한쪽 작은 방에 앉아 드나드는 사람들을 일일이 체크했다. 배가 임산부만큼이나 불룩하고 혈색도 좋은 거구였다. 딸 말로는, 그가 쓰는 거친 영어의 억양으로 보아 독일계일 가능성이 높다고 했다.

도착한 날 딸은 한국에서 가져온 인삼 캔디와 녹차 티백을 김 여사 손에 쥐여주며 함께 내려가 인사를 하자고 했다.

"우리 엄마예요. 잘 좀 부탁드려요."

딸은 몇 번이나 "Please"를 덧붙였다.

"Hi, Good day."

김 여사는 그의 인사에 짧게 목례를 하고 얼른 몸을 돌렸다. 말이 길어지면 곤란해진다는 걸 머리보다 몸이 먼저 알아차린 제스처였다. 등 뒤에서 그의 웃음소리가 들리는 듯했다.

*

오후 네 시, 김 여사는 손자를 데리러 학교로 가기 위해 집을 나섰다. 하이드파크 안으로 들어서니 대관식 복장을 한 빅토리아 여왕의 동상이 보였다. 곧게 편 허리, 단정히 말아 올린 머리 위에 얹힌 왕관. 세월이 흘러도 여왕의 표정에는 여전히 위엄이 서려 있었다.

김 여사는 고개를 들어 그를 올려다봤다. 마치 여왕이 자신에게 인사를 건네는 것같았다. '어디서 왔나요?' 김 여사는 걸음을 멈추고 대답했다.

"나 한국서 왔어요. 싸우스 코리아. 손자 데리러 스쿨 가는 길…"

여왕의 차가운 입가에 희미한 미소가 번지는 듯했다. '그래요' 잠시 침묵이 흐른 뒤, 그녀가 다시 물었다. '그럼… 자주 보겠군요.' 김 여사는 고개를 끄덕여주고 여왕을 배경으로 셀카를 찍었다. 평소보다 더 활짝 웃었다. 얼른 가족 대화방에 사진을 올리고 짧게 적었다.

— 내 친구 빅토리아 여왕. 나 잘 살고 있음.

곧바로 남편의 답장이 떴다.

— 크크, 살판났네.

한국은 아직 새벽일 텐데 답장이 빠르게 올라왔다. 김 여사는 피식 웃음이 났다. 옆자리가 어지간히 허전한 모양이네.

학교 안으로 들어온 김 여사는 교실 앞에서 손자를 기다렸다. 하교 종이 울리고 담임이 문을 열고 나왔다. 서류에 붙은 사진과 김 여사의 얼굴을 번갈아 확인한 뒤 손자를 불렀다. 이어 오늘 배운 내용과 숙제, 내일 준비물을 숨 돌릴 틈도 없이 말했다. 빠른 속도, 억센 억양. 김 여사는 귀가 아니라 눈으로 그의 입만을 쳐다봤다.

그가 할 말을 다 했는지, 물었다.

"Do you understand?"

김 여사는 잠깐 멈칫하다가 얼른 대답했다.

"Yes, Okay. Okay."

집으로 돌아오는 데 손자가 물었다.

"할머니, 우리 선생님이 뭐랬어?"

"몰라."

"몰라? 그럼 나 어떡해?"

"엄마보고 전화해서 물어보라고 할게."

손자의 걸음이 조금 빨라지더니 투덜투덜 속내를 드러냈다.

"할머니, 그 정도도 못 알아들어? 발음도 완전 이상해. 콩글리시."

김 여사는 입술을 잘근 깨물었다. 뭐 콩글리쉬? 자신도 모르게 큰소리가 튀어나왔다.

"야, 할머니는 한국 사람이야. 한국식 영어 하는 게 당연하지. 원래 말이라는 건 듣는 사람이 알아듣게 하는 게 예의야. 말을 숨도 안 쉬고 쏟아내는 선생이 잘못이지 왜 내 탓을 해."

어이가 없다는 듯 손자가 휑하니 가버렸다.

집으로 돌아온 김 여사는 손자가 빌려 온 동화책과 숙제장을 딸 방 침대 머리맡에 가지런히 올려놓았다. 그림책 다섯 권, 역사책, 수학 문제집. 전부 영어였다. 그제야 자신이 와 있는 여기가 서울이 아니라 런던이라는 사실이 실감이 났다. 늦은 밤, 잠자리에 누운 김 여사의 귀에 딸 방 문틈으로 흘러나온 소리가 들렸다. 딸이 서울에 있는 제 남편과 통화하는 소리였다.

"엄마가 저렇게 영어 못할 줄은 몰랐어. 참 피곤해."

담임의 억센 영어보다 딸의 말이 더 아프게 가슴 한가운데 박힌 김 여사는 문득 하이드파크의 여왕을 떠올렸다. 눈빛만으로도 친절했던 그가 갑자기 보고 싶었다. '당신 참 외롭겠어요. 그녀가 그렇게 말했던가.

*

런던 생활이 버거운 건 김 여사만은 아니었다. 영어를 치열하게 공부하고 온 딸도, 네 살부터 영어 유치원을 다닌 손자도 이 도시에 발을 디디는 순간부터 전혀 다른 언어와 문화의 벽에 부딪혀야 했다. 사방에서 쏟아지는 제멋대로의 말과 태클이 손자를 위협했다. 딸도 마찬가지였다. 강의 중 교수가 말 한 몇 문장만 놓쳐도 그날 수업이 통째로 미궁에 빠진다고 했다.

손자는 스트레스를 받으면 이상하게 변의를 느꼈다. 등굣길이든 하굣길이든 길 한복판에서도 얼굴이 창백해지며 화장실을 찾았다. 그럴 때마다 김 여사는 손자의 손을 잡고 달려야 했다. 임페리얼 칼리지, 로열 앨버트 홀, 하이드파크…. 화장실이 있는 곳이라면 어디로든 뛰었다. 손자네 반에는 서른 명 남짓의 아이들이 있었다. 국적은 제각각이고 피부색도 말투도 노는 방식도 달랐다. 학교에는 보이지 않는 선이 있었다. 아이들은 말이 통하는 끼리끼리 모였고, 그 선 안으로는 좀처럼 손자를 끼워주지 않았다. 언어는 사람 사이에 다리를 놓아주는 매개체이기도 하지만, 때로는 가장 높고 단단한 담이 되기도 했다.

그날 오후, 서울에 있는 퀸이 문자를 보내왔다.

— 아무래도 고양이 때문에 일을 그만둬야 할 것 같아요. 비염이 도졌어요.

— 다림질 안 하기로 했는데, 어제 사장님 와이셔츠 두 장이랑 양복바지도 두 벌이나 다렸어요.

문자를 읽는 동안 입안에서 모래가 서걱거렸다. 김 여사는 아들에게 문자를 보냈다.

— 네가 좀 가봐 줘.

당장 달려갈 수 없는 사람에게 보내는 도우미 문자는 날 선 협박처럼 속이 보였다.

우울한 날이면 김 여사는 거리를 걸었다. 몸을 움직이면 풍경이 생각을 잠시 잠재워줬다. 김 여사는 런던에 오면 해보고 싶고 가보고 싶은 곳들이 많았다. 버버리 코트의 깃을 세우고 버킹엄 궁, 빅벤, 웨스트민스터 사원을 지나 템즈 강가에 있는 런던아이도 타보고 싶었다. 그리니치 천문대를 찾아가 날짜 변경선 위에도 서보고 싶었고 딸과 함께 〈캣츠〉의 'Memory'를 라이브로 듣고도 싶었다. 뮤지컬 〈레미제라블〉 속 자베르 경감이 몸을 던졌던 바스의 다리 위에도 서보고 싶었다. 그곳은 여행 가이드북마다 빠지지 않고 소개되는 명소들이었다.

그러나 김 여사는 그곳을 혼자 찾아갈 엄두를 내지 못했다. 사실 런던은 지도 한 장이면 어디든 갈 수 있는 길이 단순한 도시다. 그런데도 혼자 버스를 타고 목적지를 찾아 나서지 못했다. 길을 잃을지도 모른다는 공포보다 딸과 손자가 있는 집으로 돌아오지 못할지도 모른다는 두려움이 지배적이었다.

런던에는 박물관과 공원이 많다. 수백 년의 시간을 품은 유물들이 거리마다 즐비하다. 갤러리 전시실을 걷다 보면 한나라가 아니라 세계 전체를 여행하는 기분이 든다. '해가 지지 않는 땅' 이라는 화려한 수식어는 어쩌면 침략으로 체득한 역사를 가리기 위한 포장일 수도 있었다. 돈이 없어 끼니를 걱정하며 그림을 그리다 생을 마친 고흐의 작품 앞에서 김 여사는 가슴이 아렸다. 한 점에 수백억이 매겨진 그림값이 과연 누구를 위한 영광인지 묻고 싶었다. 언어의 제약만 없다면 런던은 김 여사에게 많은 것을 채워줄 수 있는 도시였다.

사실 영어가 서툴다고 해서 특별히 힘든 것도 아니었다. 어차피 서로 알아듣지 못한 채 살아가는 사이 아닌가. 어느 순간부터 김 여사는 "Excuse me"와 "Thank you"를 적당하게 섞어 쓰는 뻔뻔한 여유가 생겼다.

그 중에서도 김 여사는 하이드파크의 여왕를 보며 지내는 게 좋았다. 굳이 입을 열어 말하지 않아도 전해지는 진심. 설명하지 않아도 통하는 감각. 그러다 문득 딸이 말한 유심(USIM)이란 단어가 떠올랐다. 휴대폰에 유심이 없으면 아무리 기계가 좋아도 통화가 되지 않는다고 했던가. 그러나 사람에게는 유심留心. 마음으로 나누는 언어가 있었다. 공원의 여왕은 많은 것을 묻지 않았다. 그저 묵묵히 바라봐 주고, 김 여사 얼굴에 보이는 마음을 읽어줬다. 그래도 신기하게도 그 침묵이 백마디 말보다 위로가 됐다.

*

런던에 온 지 한 달 하고도 보름이 지나자, 식재료를 사려면 어디로 가야 하는지, 좀 더 맛있는 치즈나 육류를 사려면 어느 대형마트를 찾아가야 하는지 정도는 감이 잡혔다. 세 식구가 사는 데 매일 마트를 드나드는 건 분명 낭비였지만, 김 여사는 〈Oseyo Korean Food〉마켓을 매일 찾아갔다. 작은 가게였지만 그곳엔 한국이 있었다. 칠갑산 떡국, 삼양라면, 고향만두, 쌀과자와 고추장…. 익숙한 글씨가 적힌 포장지를 보기만 해도 굳었던 마음이 풀렸다. 덕분에 빌트인 된 작은 냉장고는 늘 포화 상태였다. 좁은 공간에 물건이 넘쳐나니 냉동 기능이 제구실을 하지 못했다. 아이스크림이 녹아 흐물

거린다며 딸이 짜증을 냈지만, 김 여사는 마트 가는 일을 멈출 수 없었다. 그곳은 런던에서 유일하게 그녀의 '언어'가 통하는 영토였기 때문이었다.

사건이 일어난 그날은 다른 날보다 더 많은 것들을 샀다. 평소보다 짐이 더 무거웠다. 돌아오는 길에 공원 벤치에 앉아 잠시 팔을 쉬었다. 마트와 집 사이 거리가 멀다보니 그럴 수밖에 없었다. 그때 휴대전화에 서울 집 퀸의 문자가 떴다.

— 사모님, 드릴 말씀이 있으니 전화 좀 주세요.

무슨 일인지 궁금했지만, 서울은 밤이라 전화를 걸 수 없어 답답한 마음으로 집으로 향했다. 현관 앞에 서서 열쇠를 찾는데 주머니가 텅 비었다. 가방 속에도 열쇠는 없었다. 아들 전화를 받으며 급히 나오느라 문 위에 걸어두었던 열쇠를 깜빡한 게 분명했다.

어쩌지….

딸은 자정이나 돼야 돌아오고 집에 들어가 청소도 하고 반찬도 만들어야 했다. 무엇보다 오후 다섯 시에 학교에서 손자를 데려와도 들어갈 수 없었다. 김 여사는 1층으로 내려가 관리인을 찾았다.

"미안한데요…. 문 좀 열어주세요."

서툰 영어로 사정을 했다. "Please"를 몇 번이나 덧붙였다. 관리인은 단호하게 고개를 저었다.

"No, I can't open it."

김 여사는 자신이 3층에 사는 한국에서 온 학생 엄마라고 윗층을 가리켰다. 절박해질수록 목소리가 높아졌다. 김 여사 목소리가 높아질수록 관리인의 표정은 더 차갑게 굳어갔다.

"야, 영감탱이. 우리 딸이 너한테 한국 사탕이랑 차 줬을 때, 나 옆에 있었잖아. 알면서 왜 모른 척해?"

급하니까 한국말이 튀어나왔다. 관리인은 계속해서 "노, 노…"만 되풀이했다. 더 말해 봐야 소용없다는 걸 감지한 김 여사는 물건을 현관 옆에 내려놓고 밖으로 나왔다. 딱히 갈 곳이 없었다. 공원으로 가 벤치에 앉아 하늘을 올려다봤다. 오후 네 시가 되면 태극 문양이 선명한 대한항공 여객기가 공원 위를 지나 히스로 공항으로 간다. 김 여사도 그 비행기를 타고 이곳에 왔다. 그녀는 종종 공원에 앉아 날아가는 국적기를 보며 외로움을 달래곤 했다.

'저걸 타면 서울로 갈 수 있어.' 생각만으로도 위로가 됐다. 그럴 때면 비행기를 향해 손을 흔들기도 했다.

"잘 계시지요?" 그날 하늘은 야속하리만치 파랬다. 그때 기척을 느끼고 돌아보니 옆 벤치에 한 노인이 앉아 있었다. 언제부터 거기 앉아 있었던 걸까. 알 수 없었다. 외국인이었지만 그 모습이 낯설지 않았다. 얼굴에는 세월이 그린 잔잔한 주름이 깔려있었고 무채색 옷차림은 지나치게 깔끔했다. 노인만이 아주 오래된 흑백 사진 속에 앉아 있는 것처럼 보였다.

눈이 마주치자 노인이 고개를 숙여 인사했다. 그러고는 서펜타인 호수 쪽으로 시선을 돌렸다. 물 위에는 백조 수십 마리가 유유히 헤엄치고 있었고 햇살이 그 위로 보석처럼 부서져 내렸다. 노인이 다시 김 여사를 돌아봤다.

"오늘은 날씨가 참 곱군요."

그의 목소리는 낮고 부드러웠다.

"이 도시는 햇살이 사람 얼굴을 쓰다듬는 날이 정말 드물어요."

노인이 강조하듯 다시 말했다. 낯선 나라에서 처음 건네받는 다정한 말이었다. 노인이 김 여사의 얼굴을 보다가 물었다.

"무슨… 고민이 있나 보군요."

김 여사가 눈을 크게 뜨자 그가 웃었다.

"마음은 물 위로 떠오르는 연잎처럼, 결국 얼굴 위로 피어오르기 마련이지요."

그 말은 시처럼 가벼웠으나 묘하게 가슴에 남았다.

"그래 이곳 생활은 어떤가요?"

김 여사는 대답하지 못했다. 마음 깊은 곳에서 무언가가 천천히 풀려 내리는 기분이 들었다.

"타국은 고향을 떠나온 노인이 지내기는 쉽지 않지요. 그런데도 당신은… 잘 견디고 있는 것처럼 보입니다."

순간 김 여사의 눈시울이 뜨거워졌다. '잘 견디고 있다'는 말이 이렇게 다정하게 들릴 줄이야.

"어디 사세요?"

김 여사가 묻자, 노인은 몸을 살짝 기울이며 공원 너머를 가리켰다.

"예전에는 저기, 동상 근처 벤치에 자주 앉아 있곤 했어요. 요즘은 어쩌다보니… 여기까지 내려와 쉬다 가게 되곤 하네요."

그의 목소리가 어딘가 쓸쓸하게 들렸다.

"한 시절을 풍미하고 떠난 사람을 후대는 오래 기억하지 않지요. 하지만 떠난 이들도 가끔은 살던 곳으로 돌아오고 싶어진답니다."

노인이 천천히 자리에서 일어섰다. 손에는 장미 한 송이가 들려 있었다.

"공원에서 슬쩍 한 겁니다. 차 한 잔 대접하는 대신 이 꽃 드릴테니 향기라도 맡으세요."

노인이 건내준 장미 향이 코끝에 머물렀다. 김 여사가 감사 인사를 하려고 고개를 들었을 때 노인은 이미 사라지고 없었다. 멀리 궁 앞의 조각상이 햇빛을 받아 유난히 반짝였다. 김 여사는 자리에서 일어나 천천히 학교 쪽으로 걸음을 옮겼다. 문득, 내 곁에 누가 있었나 뒤를 돌아봤다.

*

열쇠를 집에 두고 나왔다는 말을 듣자, 손자는 깜짝 놀라더니 곧 괜찮다며 학교로 엄마를 찾아가자고 했다. 갑작스레 두 사람이 나타나자, 딸이 몹시 놀랐다.

"미안, 열쇠를 두고 나왔어."

손자는 김 여사의 무안을 덜어주려는 듯 검지를 쭉 펴 보였다.

"할머니, 첫 번째 옐로카드입니다."

그러곤 김 여사를 향해 한쪽 눈을 찡긋했다. 딸에게서 열쇠를 받아 들고 집으로 돌아온 김 여사는 현관 앞에서 걸음을 멈췄다. 문 앞에 두고 갔던 물건이 온데간데없었다. 오늘따라 고기며 치즈, 햄에 채소까지 유난히 많이 샀다. 누가 이걸 가져갔지? 가난한 유학생 주머니가 통째로 털린 것 같아 속이 쓰렸다. 이 도시가 기어이 자신을 시험하는 것만 같았다. 저녁을 준비하면서도 관리인의 뚱한 얼굴이 떠올라 입안에서 욕이 씹혔다.

— 뚱땡이 영감탱이…

밤늦게 관리인이 딸에게 전화를 걸어왔다.

"마켓 아줌마가 너희 집 문 열어달라고 졸랐는데 안 열어줬어. 대신 물건은 잃어버릴까 봐 내가 들어가 너희 집 냉동고에 넣어뒀어."

전화를 끊고 딸이 부엌으로 가 냉동고 문을 열었다. 채소와 과일, 고기가 꽁꽁 얼어버렸다. 김 여사는 문은 절대 못 열어준다던 그가 집 안으로 들어왔다는 사실에 화가 났다. 거기다 채소와 과일까지 냉동고에 넣어 얼려버린 행태를 용서할 수 없었다.

— 무식한 늙은이…

결국 채소와 과일은 모두 버려야 했다. 런던에 와서 겪는 서툰 영어가 낸 독한 참사였다. 그날 이후 관리인의 간섭은 더 잦아졌다.

굴비를 굽거나 김치찌개를 끓이면 냄새가 독하다며 쫓아 올라왔고, 분리수거가 제대로 되지 않는다며 항의했다.

"이 아파트에 너희만 사는 것 아냐. 이게 무슨 냄새야. 당장 버려."

급기야 그는 신발을 신고 부엌까지 들어와 가스레인지 후드까지 점검했다.

딸과 손자는 김치를 먹은 날이면 양치를 하고도 가글을 몇 번씩 더 한 뒤에야 집을 나섰다. 하지만 그런 압박 속에서도 뜻밖의 온기는 찾아왔다. 한국 음식이 맛있다는 소문에 딸의 학교 친구들이 자주 집을 방문했다. 김 여사가 정성껏 말아낸 김밥과 라면을 맛본 다국적 아이들은 엄지를 치켜세우며 "Mummy, Good!"을 연발했다. 특히 잡채와 불고기는 단연 인기였다. 아이들의 환호에 딸의 지친 얼굴에도 환한 미소가 번졌다. 그럴 때면, 김 여사의 고단한 하루도 고요한 보람으로 채워지곤 했다.

딸의 집은 3A, 문이 붙어있는 옆집은 3, 우편물이 종종 뒤바뀌곤 했다. 그 집에는 인텔리한 영국인 노부부가 살았다. '열쇠 사건'을 전해 들은 노인이 김 여사가 집 앞을 지나가자 일부러 문밖으로 나와 말을 걸었다.

"앞으로 어려운 일 있으면 언제든 나한테 말해요."

그러곤 집 안에 있던 남편까지 불러내 김 여사에게 인사를 시켰다. 김 여사는 조심스럽게 고개를 숙였다.

"제가 영어를 잘 못해서… 두 분과 가까이 지내기 어려울 것 같아 미안합니다."

서툰 영어에 남자는 환하게 웃으며 말했다.

"괜찮아요. 우리도 한국말 못하잖아요. 당신이 영어 못하는 건 당연한 거예요."

그 말이 이상하게 오래 가슴에 남았다. 그러나 김 여사는 알고 있었다. '당연한 일'을 이해해 주지 않는 사람들이 더 많은 곳, 그곳이 바로 타국이라는 것을.

*

딸이 손자를 돌보며 제 공부까지 하느라 점점 지쳐갔다. 김 여사가 말을 걸면 마지못해 대답했고, 말끝마다 가시가 박혀 있었다. 사소한 일에도 신경질이 잦았다. 김 여사는 '공부가 많이 힘든가 보네' 짐작만 할 뿐, 어떻게 도와야 할지 몰라 가슴이 답답했다. 밥을 해주는 것 말고는 자신이 할 수 있는 일이 아무것도 없다는 사실이 초라하게 느껴졌다. 두 달이 가까워질수록 불안도 커졌다. 딸과 소통할 수 있는 유일한 도구이자 서울에 있는 가족과도 이어주는 휴대폰이 자꾸 말썽을 부리기 시작했다. 신호가 끊겼다 이어지기를 반복했다.

"네가 말한 유심칩 좀 바꿔줘. 내일모레면 두 달이야."

김 여사가 조심스럽게 말을 꺼내자, 딸은 짧게 말했다.

“바쁘니까 내일요.”

다음 날도, 그다음 날도 상황은 마찬가지였다. 어디서 사서 어떻게 끼우는지만 알려주면 내가 하겠노라는 말이 목구멍까지 올라왔지만, 또 날 선 대답이 돌아올까 봐 삼켰다. 결국 김 여사는 홀로 마음을 다잡고 근처 상가의 휴대전화 매장을 찾았다. 카운터 앞에서 한참을 망설이다 깊은 숨을 들이켜고 용기를 냈다.

“Ex··· excuse me. Do you··· have a SIM card?”

심장이 터질 듯 쿵쾅거렸다. 점원이 친절하게 무언가를 설명했지만, 김 여사의 귀에는 아무 말도 들리지 않았다. 그저 고개를 몇 번 끄덕이며 어색하게 웃다가 도망치듯 가게를 나왔다. 영어를 이토록 두려워한 적이 있었던가. 그날 이후 휴대폰은 마지막 숨을 몰아쉬듯 깜빡거리더니, 손자가 체육대회 안내장을 내미는 아침에 완전히 꺼져버렸다.

“할머니, 오늘 내 운동회야. 꼭 와야 해.”

손자가 눈을 반짝이며 말했다.

딸은 안내장을 힐끗 보더니 무표정하게 말했다.

“난 못 가. 오늘 엄청 바빠.”

체육대회는 버스를 타고 한 시간쯤 가야 하는 외곽 시민공원에서 열린다고 했다.

“그럼 할머니라도 와서 응원해 줘.”

손자가 애원하듯 말했다.

“그러게… 근데 할머니 혼자는 거기까지 못 가는데.”

손자는 울상이 되어 제 어미를 바라봤다. 하지만 딸은 평소처럼 같은 시간에 학교에서 기다리다 손자가 오면 데려오라고 말한 뒤 서둘러 집을 나갔다. 김 여사가 휴대폰이 완전히 꺼졌다는 말조차 꺼낼 틈을 주지 않았다. 손자를 학교에 데려다준 김 여사가 당부했다.

“다섯 시에 여기서 만나. 부모님 못 오는 친구들도 많을 거야.”

풀이 죽어 교실로 들어가는 손자의 등을 보니 너무 미안했다. 오늘은 운동하느라 힘들 텐데 저녁에는 좋아하는 돈가스라도 튀겨줘야겠다고 생각했다. 사실 휴대전화가 있어도 걸려 올 전화도, 걸 곳도 없었다. 그런데도 휴대폰이 불통이라는 사실이 하루 종일 김 여사를 우울하게 했다.

저녁 준비를 끝낸 김 여사는 오후 네 시쯤 집을 나섰다. 공원 호숫가 벤치에 앉아 먹이를 찾는 새들을 바라봤다. 크고 작은 새들이 종을 가리지 않고 어울려 노는 모습이 생경했다. 서로를 밀어내지도 방해하지도 않는 그 평화로움 속에서 김 여사는 홀로 날개가 꺾인 채 낯선 도시에 유폐된 듯한 기분이 들었다. 어느새 한 뼘쯤 높아진 하늘이 머리 위에 펼쳐져 있었다. 체육대회를 치르기엔 더없이 좋은 날씨였다.

런던의 날씨는 워낙 변덕스러워 언제 비를 쏟아낼지 알 수 없었다. 그런데 가방 안에는 우산이 들어 있지 않았다. 딸과 함께 체육대회에 갔더라면 손자가 얼마나 좋아했을까. 생각하니 기분이 우울했다. 그러지 못한 딸도 하루 종일 마음이 가볍지만은 않았을 것 같았다.

네 시 반쯤 공원을 나와 학교로 향했다. 체육대회 때문에 대부분의 교사와 학생들이 외출한 교정은 텅 비어 썰렁했다. 몇몇 학부모들이 교문 근처에서 아이들을 기다렸다. 김 여사는 그들 곁을 피해 조금 떨어진 곳에서 손자를 기다렸다. 운동장이 없는 이 학교는 평소에도 체육 수업을 하이드파크에서 했다. 오늘 체육대회는 시설이 더 좋은 외곽 시민공원에서 열린다고 했다.

갑자기 바람이 불며 하늘이 어두워졌다. 또 비가 오려나. 우산을 챙기지 않고 나온게 속상했다. 비가 쏟아지면 지친 손자를 어떻게 데려가야 하나 걱정이 앞섰다. 오후 다섯 시가 되자 기어이 비가 쏟아졌다. 스쿨버스가 교문 앞에 멈춰 섰다. 아이 몇 명과 교사 서너 명만이 버스에서 내렸다. 아이들이 빗속을 뛰어 교실로 들어갔다. 손자는 보이지 않았다. 당황해하는 김 여사 곁으로 담임이 다가왔다.

"Jayden, went home with his mummy."

"엄마랑요?"

아침에는 못 간다고 했던 딸이 직접 공원으로 가서 손자를 데리고 귀가했다고 했다. 그러면 전화라도 주지. 그러다 김 여사는 꺼져버린 휴대전화를 떠올렸다. 수명이 다한 유심칩. 여전히 먹통인 기계. 김 여사는 빗속을 걸었다. 머리부터 발끝까지 다 젖었다. 젖는 건 몸보다 마음이었다. 예고 없이 비가 내리는 도시라는 걸 알면서도 우산을 챙기지 못한 자신이 한심했다. 십수 년을 배우고도 영어 하나 제대로 못 하는 무능함. 통화가 끊겨버린 전화. 모든 게 싫었다. 김 여사는 그 자리에 멈춰 섰다. 자신을 저주하며 소리라도 질러야 가슴이 뚫릴 것 같았다. 목구멍까지 차오르는 설움을 눌러 삼키고 다시 걸었다. 신발 속으로 물이 들이쳐 발이 축축했다. 차라리 자신도 빗물이 되어 어디론가 흘러가 버리고 싶었다.

*

현관문을 여니 딸이 기다렸는지 방에서 나왔다. 왜 그렇게 전화를 안 받았냐고 버럭 화를 냈다. 김 여사는 젖은 머리를 털며 말했다.

"내 전화 먹통이잖아. 유심 바꿔달란 지가 언제냐?"

"유심 하나 못 바꿔서 핸드폰을 먹통 만들었어요? 그거 엄마 매일 가는 마트에서 사서 그냥 끼우면 되는 건데."

그 순간 김 여사의 눌리고 눌려 있던 감정이 폭발했다.

"그래. 나 유심 하나도 못 바꾸는 등신이다. 처음부터 그렇게 말해줬으면 진즉 사서 바꿨지. 내일 해준다, 이따 해준다, 말만 하고… 그래서 늙은이를 이렇게 홈씬 젖게 해놓고 왜 전화를 안 받았냐고?"

딸도 지지 않았다.

"그게 무슨 억지야. 비 맞은 건 우산 안 가지고 간 엄마 탓이지. 그리고 유심 어떻게 가냐고 왜 못 물어봐? 나 얼마나 바쁜지 알면서. 그렇게 여기 있기 싫으면… 그냥 돌아가요."

순간, 가슴 깊은 곳에서 팽팽하던 거문고 줄이 뚝 끊어지는 소리가 났다. 내가 왜 여기 와서 이런 취급을 받아야 하지. 여기 오지만 않았어도….

"너, 마치 내가 여기 오고 싶어서 와 있는 것처럼 말하는구나. 가라고?"

딸도 폭발했다.

"맞잖아요. 말은 도와준다고 해놓고 엄마가 와서 도와준 게 뭐 있는데? 되레 짐만 되잖아. 유심 하나도 못 갈고. 바보예요?"

김 여사는 방으로 들어가 여권과 가방을 꺼냈다. 그래. 돌아갈게. 짐짝 같은 내가 여기 있어서 뭐 하겠니. 하지만 서울로 가려면 비행기 리턴 티켓부터 바꿔야 하고 택시도 불러야 했다. 그런데 어느 것 하나 혼자서는 할 수 있는 게 없었다. 정말 바보가 맞았다. 육십 평생을 헛살았다는 자괴감이 밀려들었다. 딸은 이미 방으로 들어가 문을 닫아걸었다. 집 안에는 서늘한 적막만이 흘렀다. 그때 손자가 다가왔다.

"할머니, 왜 이래? 서로 왜 이렇게 됐는지 얘기도 안 들어보고…."

흔들리는 눈망울. 물이 가득 찬 컵처럼 금세라도 눈물이 넘칠 듯한 검은 눈동자가 김 여사를 올려다봤다. 두려움과 원망이 섞인 눈빛에 김 여사는 손에 들고 있던 여권을 툭 떨어뜨렸다. 그리고 그 자리에 주저앉았다. 죽고 싶었다. 아니, 죽고 싶을 만큼 부끄러웠다. 손자를 돌보러 온 자신이 이렇게 무능한 존재라는 사실이 뼛속까지 파고들었다. 짐이 되기만 한 늙은이라는 자각이 너무도 아프게 가슴을 때렸다.

김 여사는 집을 나섰다. 갈 곳이 없었다. 서울 같으면 찜질방이라도 갈 텐데 그런 곳도 없었다. 터덜터덜 공원으로 걸어가 예의 그 벤치에 앉았다. 비는 그쳤지만 바람이 거세게 불었다. 젖은 몸이 싸늘하게 식어 추웠다. 서울의 남편에게 나 좀 데리러 와달라고 말하고 싶었다. 아들에게도, 동생에게도. 그러나….

어둠이 점점 짙어졌다. 돌아가고 싶어도 돌아갈 수 없는 집. 손자와 딸이 있는 그곳. 손자 앞에서 추태를 부린 자신이 부끄러워 들어갈 수가 없었다.

그때였다. 검은 우산을 쓴 노인이 김 여사 앞에 멈춰 섰다.

"왜 이러고 있어요?"

김 여사가 놀라 고개를 들었다.

"또 뵙네요."

김여사 말에 노인이 조용히 웃었다.

"뭐가 마음대로 안 되나요?"

김 여사는 한참을 있다가 입을 열었다.

"제가… 너무 무능해서요."

노인이 고개를 끄덕였다.

“사는 동안 그런 생각, 안 해본 사람 없어요.”

김 여사는 노인의 얼굴을 가만히 바라봤다. 비가 다시 내리기 시작했다. 노인은 우산을 김 여사 손에 쥐여주었다.

“고맙습니다. 어르신은 어디 사세요?”

김 여사가 묻자 노인은 빗소리에 섞여 들릴 듯 말 듯 중얼거렸다.

“나는 늘 여기에 있어요.”

그 말을 남기고 노인은 어둠 속으로 사라졌다. 손에 쥔 우산 손잡이에 노인의 온기가 남아 있었다. 집에 돌아오니 거실은 조용했고, 복도 끝에 작은 그림자가 서 있었다.

“할머니?”

손자였다. 젓은 김 여사를 보고 눈이 휘둥그레졌다.

“진짜… 간 줄 알고 걱정했어.”

김 여사는 아이를 꼭 끌어안았다. 아이의 체온이 몸 깊숙이 스며들었다.

그때 딸이 방문을 열고 나왔다. 눈이 퉁퉁 부어있었다. 무언가 말하려는 듯 입을 달싹이더니 조용히 다가와 수건을 건넸다.

“유심… 내일 갈아줄게요.”

김 여사는 말없이 고개를 끄덕였다. 더는 말이 필요하지 않았다. 그때 손에 들고 있는 딸의 휴대폰이 요란하게 울렸다. 한국에 있는 남편에게서 온 전화였다. 딸이 머뭇거리다 휴대폰을 김 여사에게 건넸다.

“여보, 왜 이렇게 전화가 안 돼? 걱정했잖아. 무슨 일 있어?”

익숙한 남편의 목소리를 듣자 김 여사는 목이 메어 대답을 잇지 못했다.

“걱정 마. 서울 집 ‘퀸’ 비염 도졌다는 거, 아들이 공기청정기 대용량으로 두 대나 사다 놓고 청소 업체 불러서 싹 정리해 줬어. 고양이 털 때문이라길래 아들이 다 해결했으니까 이제 그만두겠다는 소리 안 할 거야. 당신은 거기서 손주랑 딸만 생각하고 편히 지내.”

남편의 무뚝뚝하면서도 다정한 목소리가 스피커를 타고 거실의 적막을 채웠다. 딸은 민망한 듯 고개를 숙였고, 손자는 할아버지 목소리를 들으려 까치발을 들었다. 서울 집의 소식은 런던의 차가운 빗줄기에 젖은 김 여사의 마음을 따뜻하게 데워주었다.

딸과 손자가 방으로 들어간 뒤, 김 여사는 소파에 앉아 탁자 위에 놓인 손자의 일기를 펼쳤다.

— 오늘 할머니가 못 와서 속상했지만, 나에게는 우리 할머니가 최고다.

고개를 떨군 김 여사의 발등 위로 굵은 눈물방울이 툭, 툭 떨어졌다. 김 여사는 손자의 방문 앞에 섰다. 문틈 사이로 희미한 스탠드 불빛이 새어 나오고 있었다. 손을 뻗어 문고리를 잡으려다 조용히 멈췄다. 그리고 들리지 않을 혼잣말을 나지막이 읊조렸다.

“…할미에게도 네가 최고야.”

김 여사는 한동안 그 자리에 못 박힌 듯 서 있었다. 현관 한쪽에는 노인에게 받아온 검은 우산이 젖은 몸을 세운 채 조용히 자리를 지키고 있었다. 밖에는 비가 아주 잔잔하게, 세상의 모든 해묵은 상처를 씻어내듯 내리고 있었다.

친구 밥상

결혼 후 시댁 어른들을 다시 보는 자리가 하필 시할머니 첫 제삿날이라니. 평소라면 회사에서 새로 시작한 프로젝트를 두고 팀원들과 치열하게 의견을 나누고 있을 시간, 희주는 얼떨떨한 기분으로 시댁 부엌 언저리를 기웃거리고 있었다. 사실 제사에 참석하라는 시어머니의 호출에 응하기란 여간 어려운 상황이 아니었다. 결혼 휴가로 연차는 이미 다 써버린 터라 회사 사정을 말하며 간곡히 양해를 구했지만, 시어머니는 회사 일보다 집안 제사에 참여하는 게 먼저라며 단칼에 희주의 말을 잘라버렸다.

"집안 어른의 첫 제사인데 당연히 내려와 절을 올려야지. 무슨 말이 그렇게 많아."

결혼 전 봐왔던 자상하고 인자한 시어머니가 아니었다.

'참 구시대적이야. 돌아가셨으면 끝이지 무슨 절까지 올리라는 거야.'

속으로 구시렁대며 억지로 내려오는 차 안에서, 남편 성윤은 달래기는 커녕 한 대 쥐어박듯 쏘아붙였다.

"너는 온고지신도 몰라?"

"무슨 지신? 혁신이 필요한 시대에 웬 지신 타령이야. 자기도 누구 못지않게 촌스러운거 알아?"

"뭐가 촌스러워? 자기야말로 제사 지내러 시댁에 가면서 목에 건 그 십자가나 좀 빼지 그래?"

성윤 역시 마음이 불편한지 공연히 트집을 잡았다. 희주는 창밖을 보며 입술을 깨물었다.

"이렇게 불려 가는 거, 이번이 마지막이야."

하지만 막상 도착한 현장의 상황은 상상 이상이었다. 시어머니가 벌여놓은 제사 음식 준비는 지나치게 과했다. 갖가지 전과 산적은 물론 나물, 떡, 식혜에 문어숙회까지. 희주는 입이 다물어지지 않았다. 어디에 발을 들여놔야 할지 몰라 우두커니 서 있는 희주를, 서울에서 내려온 둘째 작은어머니가 불러 세웠다.

"새 조카 며느님, 손끝이 얼마나 야무진지 좀 보게. 저기 상자에 넣어 둔 목기 전부 꺼내 닦아봐."

"네? 아… 네."

그건 충분히 할 만한 일이었다. 어쩌면 이 사람 저 사람 눈치 보지 않고 부엌 한쪽 구석에 앉아서 할 수 있는 일 중 가장 쉬운 일을, 배려 차원에서 시킨 것 같기도 했다. 그러나 희주에게 제사는 이

교도적인 행위 그 이상도 이하도 아니었다. 제사 음식을 담을 목기를 닦는 일에 좀처럼 마음이 실리지 않았다. 그런 마음을 알 리 없는 작은어머니는 한 가지 주문을 더 보탰다.

"다 닦은 목기는 윤이 나도록 마른행주질 쳐서 채반에 한지 깔고 담아 놔. 그리고 벽에 세워 놓은 저 제상도 닦아놓고."

순간 무언가 뜨거운 덩어리가 가슴 밑에서 치고 올라왔다.

— 뭐를 이렇게 자꾸 시켜.

성윤은 부엌과 제법 떨어진 안방에서 시아버지 형제들과 담소를 나누고 있었다. 야구 중계 소리에 섞여 터져나오는 함성과 박수 소리가 유쾌했다. 그들은 이 제사와는 무관한 손님들처럼 보였다. 시어머니가 다과를 곁들인 술상을 여러 번 그 방으로 들여보내는 것을 보며 희주는 생각했다. '남자들은 참 쉽구나.'

죽은 이를 위한 의식은 오직 이 집 며느리들의 고된 수고로만 치러져야 하는 숙명 같았다. 시어머니와 두 작은어머니는 종종걸음으로 부엌을 누볐다. 제사는 윗대 어른 누군가가 만든 규율이겠지만, 평생 하늘에 계신 분의 이름을 경배하며 신앙의 울타리 안에서 자라온 희주에게 이 모든 풍경은 기괴하고 불편했다.

"제기는 자고로 반짝반짝 윤이 나야해."

식탁 의자에 앉아 제사 나물로 쓸 도라지와 고사리를 다듬던 작은어머니는 일보다 집안 곳곳을 탐색하는 데 더 열을 올렸다. 오늘 밤 제삿밥을 먹으러 올 송금순 여사의 둘째 며느리인 그는 그게 자신의 일이라고 믿는 듯했다.

"조카, 마당에 걸린 빨랫줄부터 걷고 현관문도 열어 놔. 제삿밥 먹으러 오시는 분들이 줄에 목이 걸리면 안 되잖아."

희주는 목기를 닦다 말고, 귀신도 목에 줄이 걸리는지, 문을 열어 줘야 들어오는지 물을 뻔했다. 작은어머니는 참으로 유익하지 않은 잡지식을 장황하게 늘어놓는 부류였다. 그러면서도 부지런히 움직이는 시어머니와 달리, 손보다는 입으로 일하는 그에게선 누구도 함부로 대할 수 없는 기세가 느껴졌다.

"할머니 혼자 드시기엔 음식이 너무 많은 것 아니에요? 이걸 어떻게 다 드신다고…."

희주의 혼잣말 같은 물음에 작은어머니가 기다렸다는 듯 맞장구를 쳤다.

"내 말이! 원래 제사는 차로 대접하는 '다례茶禮'게 기본이라던데, 언제부터 제사 풍습이 이렇게 변질됐는지 몰라. 특히 우리 형님이 좀 유별나시지."

작은어머니는 희주를 향해 눈을 살짝 찡긋해 보였다.

*

어젯밤, 희주는 유튜브로 아프리카 사파리의 풍경을 골똘히 보고 있는 성윤에게 물었다.

"이번 겨울 휴가는 어디로 갈 거야?"

"아프리카 쪽으로 가보고 싶네. 이 기린 가족 좀 봐. 너무 아름답지 않아?"

화면 속에는 수컷 기린과 암컷 기린 세 마리가 새끼 두 마리와 무리 지어 평원을 가로지르고 있었다. 수컷 기린이 가족을 좋아하는 아카시아 숲으로 이끄는 듯했다. 그들이 걸어가는 앞쪽에는 수종을 알 수 없는 푸른 나무 군락이 보였다. 수컷 옆에 바짝 붙어 걷는 암컷은 임신 중인지 배가 많이 불렀다.

"짐승이든 사람이든, 새끼는 다 귀여워. 허둥지둥 따라가는 저 모습 좀 봐."

성윤의 입가에 미소가 번졌다. 걸음이 바쁜 새끼 기린을 뒤쫓던 붉은 해가 구름 아래로 몸을 숨기는 장면을 카메라가 길게 잡았다. 붉은 석양이 긴 그림자를 드리우는 평화로운 야생의 질서. 성윤의 얼굴에도 그 노을을 닮은 평온함이 스며 있었다.

"나는 에든버러에 가보고 싶어."

희주의 말에 성윤이 의외라는 듯 왜? 하고 물었다. 희주는 고성의 운치를 보고 싶다고 말하려다 그만두었다. 사실 그녀의 머릿속에는 회사에서 보내주는 런던 유학 계획이 가득했다. 에든버러라면, 그때 가도 충분한 곳이었다.

〈컨슈머가 좋아하는 최상의 서비스!〉

연초에 회사에서 내건 강령이었다. 그 조건에 맞는 우수 사원을 뽑아 학비를 지원하고, 런던의 로열아트스쿨에서 2년간 서비스 디자인을 공부할 수 있게 해주겠다는 공지가 사내 홈페이지에 떴을 때, 희주는 하늘이 준 기회라고 생각했다. 곧바로 응시했고, 한 달 뒤 치열한 경쟁을 뚫고 열 명을 뽑는 1차 관문을 통과했다. 근무 성적과 언어 능력, 미래지향적인 디자인 실력을 본다고 했다. 대학에서 산업디자인을 전공한 희주에게 유리한 조건이었다.

그러나 두 명만 뽑는 최종 합격이 더 어렵다는 말을 듣고, 성윤에게는 차마 말하지 못하고 있었다. 잠깐, 결혼을 한 것이 후회되기도 했다.

"여행은 먼 곳일수록 아이가 생기기 전에 다녀와야 해."

성윤의 무심한 한 마디에 희주는 속이 답답했다. 마흔을 앞둔 나이에 엄마의 등쌀에 떠밀리듯 해치운 결혼이었다. 아이를 가질 생각은 애초에 없었다. 난자를 냉동해 두자며 유난을 떨던 친정엄마의 극성도 징그럽게만 느껴졌던 희주였다. 하지만 성윤은 여전히 '가족의 완성'을 꿈꾸고 있었다. 마흔을 넘긴 나이에 아이라니. 그보다는 일이 더 중요했다.

"아무튼, 일 년에 한두 번은 꼭 여행을 가자."

성윤의 말에 희주는 속마음을 감춘 게 불편했다.

결혼식장에서 폐백 절을 받은 시어머니는 밤, 대추를 두 주먹 가득 희주 치마폭에 던져 주며 "떡두꺼비 같은 손자 다섯!"이라고 우렁차게 외쳤다. 누군가 뒤에서 "성윤이 밤일하기에 바쁘겠다"라고 키득거렸다. 뒤이어 절을 받은 두 작은어머니도 절값이 든 봉투를 상 위에 올려놓고는 "아들딸 구분 말고 숨풍숨풍 다섯!" 하고 큰 소리로 외쳤다. 여기저기서 웃음이 터져나와 폐백실 안은 한바탕 소란스러웠다. 그때 성윤은 입꼬리가 귀에 걸리게 웃었지만, 희주에게 그것은 덕담이 아니라 저주에 가까운 소음이었다.

희주가 서른다섯을 넘기자, 친정엄마는 손주 하나 안아보는 게 소원이라고 성화를 부렸다. 어렵게 S사에 입사해 경력을 쌓느라 바쁜 희주가 절대 시집은 안 가겠다고 버티자, 엄마는 더 늦기 전에 난자라도 채취해 냉동시켜 놓자며 요란을 떨었다.

"마흔 넘으면 건강한 난자가 생성되지 않는다더라. 우수한 난자 세 개 정도 냉동 보관해 두면 어떨까?"

"엄마, 내가 알 낳는 암탉이야? 그리고 그거 보관료 되게 비싸대."

"괜찮아. 엄마가 낼게."

한 번씩 이런 소란을 겪다 마흔을 몇 달 앞두고 더는 버티지 못하고 결혼했다. 아이는 말고 우리 둘만 행복하게 살자, 그런 무언의 약속까지는 하지 않았지만, 피차 나이가 있으니 질질 끌지 말고 결혼부터 해치워 버리자고 서두른 쪽은 희주였다.

지방 쓸 종이를 들고 이층으로 올라가는 막내 시아버지에게 둘째 작은어머니가 물었다.

"서방님, 지방보다 어머님 사진을 놓고 제사 지내는 게 좋지 않을까요? 조카며느리가 어머님 얼굴을 모르잖아요."

막내 시아버지는 그 말을 못 들은 척 이층으로 올라가 버렸다. 대답 대신 방문 닫히는 소리가 제법 크게 울렸다. 쾅…

작은어머니는 무안한지 다듬던 나물을 들고 부엌으로 들어갔다. 그리고 산적에 양념하는 시어머니에게 제사를 좀 일찍 지내면 어떻겠냐고 물었다.

"우리 오늘 서울 올라가야 해서요."

시어머니는 그 말이 비위를 거스른 듯, 퉁명스럽게 답했다.

"밤 운전하기 힘들 텐데."

"그이가 내일 출근해야 해서요."

"그 정도 위치에 있는 분이 몇 시간 늦게 출근할 재량권도 없어? 일 년에 단 한 번 어머니 제사인데, 제대로 시간 맞춰 지내야지."

종부인 시어머니는 모든 말과 행동이 근엄했다.

"죽은 영이라고 아무 때나 오고 가는 게 아니야. 제사는 꼭 하늘 문이 열리는 자시子時에 지내야 한다고. 이건 내 말이 아니라, 어머니 생전의 당부였어."

"형님도 참, 절에서도 제사는 낮에 지내요. 직장 다니는 식구들 시간에 맞춰 지내지, 누가 밤중 자시까지 기다려 제사를 지내요."

"그렇게 마음대로 하려면 뭐 하러 제사를 지내. 그만두지."

종부다운 일침이었다. 그러나 작은어머니는 쉽게 꺾이지 않았다.

"그래서 요즘은 제사 안 지내는 집이 더 많잖아요. 유난스러운 사람들만 지내죠. 우리도 올해만 지내고 내년부터는 절에 맡겨요."

시어머니 얼굴에 노기가 스쳤다. 일 년이면 제사가 몇 번인지도 모르는 사람이, 시어머니 첫 제사라고 내려와서는 할 말과 못 할 말을 가리지 않고 쏟아내자 한 대 쥐어박고 싶어하는 눈치였다. 종부로서의 권위를 내세우는 시어머니와 실리적인 이유를 대는 동서 사이의 팽팽한 기 싸움. 서슬 퍼런 시어머니의 말에 눌린 듯 잠시 침묵하던 작은 어머니가 기어이 폭탄선언을 했다.

"저희는 내년부터는 안 내려올게요."

"오지 마. 언제는 자네가 제사 모셨나?"

오 분쯤 지났을까, 시어머니 말에 무안해 졌는지 작은 어머니가 엉뚱한 말을 했다.

"올해는 어머님이 초대하는 친구 밥상 좀 넉넉하게 차리세요. 이 집 인심 후하다고 저승까지 소문이라도 나야 후손들 사업도 잘되고, 형님 내외분도 백 세까지 만수무강하지 않겠어요? 전에도 보면… 그걸 손님상이라고 차리는 건지, 원."

"그럼 자네가 차려보든가."

"들은 말이 있어서 그래요. 요즘 제사 안 지내는 집이 많다 보니 배고픈 귀신들이 그렇게 많다네요. 제삿밥 먹으러 나서는 눈치를 채면 우르르 앞장서 쫓아오는 귀신들이 서너 줄은 된다던데, 우리 어머님 성정에 뿌리치고 혼자 오실 리도 없잖아요. 아마 저 마당에 줄을 세워도 서너 줄은 될걸요."

그 말을 들은 시어머니가 미간을 찡그리며 밖을 내다봤다. 흔들흔들 춤추는 마당 끝 감나무가 귀신들이 팔을 흔들어 대는 것처럼 흉물스러워 보였다.

"동서도 참, 제삿날에 웬 귀신 이야기를 하고 그래."

"제삿날이니까 귀신 이야기를 하죠. 귀신 이야기는 형님이 먼저 꺼내놓고선. 그리고 귀신 초대하는 게 제사잖아요. 그러니 술도 대병으로 담아내고, 만든 음식도 걸게 다 차려내자고요. 산 사람이나 귀신이나 술이 거하게 들어가야 신명이 나죠."

작은어머니는 하고 싶은 말이 왜 그리 많은지, 좀처럼 입을 다물지 않았다.

제기는 얼마나 오랫동안 사용했는지, 굵어진 시어머니 손만큼이나 상처투성이였다. 색은 바래고 군데군데 흠집과 생채기가 깊었다. 마른 행주로 다시 한번 목기를 닦아 채반에 올려놓으며, 희주는 제사 때마다 이것을 닦고 또 닦았을 손길을 떠올렸다. 모두 여자들의 일이었을 것이다.

이제는 변화가 필요하다. 시어머니 생전에 정리되지 않으면, 뒤를 이을 외며느리인 자신이 떠맡게 될 일이라는 생각이 들자, 손에 자꾸 힘이 들어갔다. 목기를 채반에 담을 때마다 덜그럭덜그럭 소리가 났다.

작은어머니가 희주를 쳐다봤다. 그때 성윤이 나타나 작은어머니의 말을 끊었다.

"어머니, 밤을 쳐야 한다면서요. 밤 어디 있어요?"

"아이고, 조카가 밤을 치게? 그거 생각보다 힘든데."

마침, 창고에서 쟁반에 칼과 밤을 담아 나오던 막내 작은어머니가 성윤을 보고 활짝 웃었다. 특유의 정감 어린 음성과 눈웃음. 저 무던함이 시어머니를 도와 이 종가를 지켜오고 있다는 생각이 들었다.

"오느라 고생했을 텐데, 쉬지도 못하고 일만 시켜서 어떡하지?"

막내 작은어머니는 희주에게도 정 깊은 웃음을 건넸다. 그 틈을 타 둘째 작은어머니가 또 끼어들었다.

"너는 밤 칠 생각 말고, 폐백상에서 받은 밤값이나 제대로 해라. 그날 보니 너희 어머니 손자 욕심도 많더라. 밤, 대추를 두 주먹은 되게 던져주던데, 아직도 소식 없다며?"

"걱정하지 마십시오. 첫날밤 먹은 밤 숫자만큼, 그러니까 몇 개더라… 아무튼 열 명쯤 낳을 생각입니다."

성윤은 평소와 다르게 너스레를 떨었다. 밖에서 시어머니가 왜 그런 소릴 하냐며 투덜댔다.

"아들 장가보내면 그날부터 손자 기다리는 게 시어머니 속마음일텐데 뭘 감추세요. 듣자니 형님 태몽 꿨다는 소리도 들리던데."

시어머니가 끌끌 혀를 찼다. 모두 희주 나이가 많아 혹시라도 아이가 들어서지 않을까 걱정하는 마음에서 나온 말들이었을 거다. 그러나 둘째 작은어머니는 그걸 굳이 제삿날, 그것도 희주 앞에서 모두 들추어냈다. 희주는 고개를 흔들었다.

"어머니가 태몽을 꾸셨다면야, 제가 열심히 밤일하고 있으니 금방 해결되겠네요. 흐흐흐."

성윤이 다시 맞장구를 쳤다. 그 순간 희주는 깨달았다. 둘째 작은어머니가 시어머니를 누르듯 이런 말들을 거리낌 없이 쏟아낼 수 있는 건, 검사라는 작은아버지의 지위 때문이거나 공부 잘 시켜 좋은 대학 보낸 두 아들, 부동산 붐을 타고 모은 재력 때문일 거라는 생각이 들었다.

작은어머니는 희주의 속을 또 한 번 뒤집었다.

"결혼한 여자는 자고로 자식 농사를 잘 지어놔야 몸값이 올라가는 법이야."

오늘 제사인 시할머니도 둘째아들인 작은아버지가 S대에 가고 고시에 합격하면서 존재 가치가 달라졌다고 했다. 마을 어귀에 '누구집 아들 S대 갔어요. 고시에 합격했어요.'라고 적은 플래카드를 걸고 동네잔치까지 벌였다고.

"기가 하늘을 찔렀지. 송금순 여사 구십 평생에서 가장 좋은 시절이 그때였을 걸."

작은어머니가 혼잣말처럼 덧붙였다. 그러나 시어머니는 그때가 가장 힘든 시절이기도 했다고 말했다.

"손님 없는 날이 없었지. 이 시골에서 고시 합격자가 나왔으니, 왜 안 그러겠어."

개천에서 용이 났다는 칭송이 마을 어귀를 가득 메울 때, 시어머니는 정작 용이 되지 못한 채 묵묵히 그 개천을 지켜온 시아버지의 거친 손마디를 보며 남모를 속울음을 삼키지는 않았을까. 제 잘난 맛에 취해 살아온 작은어머니가 시어머니의 그 깊은 속내를 알 리 없었을 거다.

*

희주의 친구들 중 서넛은 이미 결혼하지 않고 혼자 살겠다고 비혼을 선포했다. 결혼했지만 아이는 절대 낳지 않겠다고, 값비싸고 머리 좋은 개나 고양이를 입양한 친구도 있었다. 희주 역시 그 대열에서 이탈할 생각이 없었다. 결혼으로 인해 타인과 엮이는 관계가 싫었다. 복잡한 관계보다는 오로지 자신에게 집중하는 삶을 원했다. 그러나 희주는 끝내 엄마의 집요함을 이기지 못했다.

"경험이라고 치고 일단 가봐."

"갔다가 마음에 안 들면 돌아와도 돼?"

"그래. 경험도 재산이라니까."

말도 안 되는 논리로 희주를 제압한 엄마는 그날로 TV 광고에도 나오는 K결혼정보회사를 직접 찾아가 등록했다. 벽에는 〈인연도 선택입니다〉라는 문구가 반듯하게 붙어있었다. 그 문구를 읽고 무릎을 친 엄마는 희주의 스펙을 꼼꼼히 포장했다. 그리고 희주를 끌고 성형외과로 가서 눈 앞트임을 하고, 코도 약간 세워줬다.

"예뻐. 이 정도면 A급이지."

그건 엄마의 기준이었다. 서울에서 대학을 나오고, 모양새가 반듯한 기업에 첫발을 디딘 사람이거나 의사, 변호사, 회계사 정도의 레벨을 기준으로 소개한다는 조건에 엄마는 기꺼이 큰돈을 걸었다. 최소 다섯 번을 소개해 준다는 조건에 맞춰, 희주가 아닌 엄마가 원하는 상대의 요건으로 신청서 칸이 꼼꼼히 채워졌다. 약간 부풀린 희주의 신상정보도 제법 그럴듯해 보였다.

— Y대를 졸업했고 S사에 다니며, 아버지가…

그럴듯한 포트폴리오를 들고 한 달에 한 번씩, 등 떠밀리듯 맞선 자리에 나갔다. 강남에서도 물 좋다는 호텔 커피숍에서 처음 만난 남자는 L사 팀장이었다. 반도체 관련 일을 했고, 외국 연수도 삼 년 다녀왔다고 했다. 희주보다 나이가 다섯 살 더 많았다. 공부에 찌든 탓인지, 이미 청년 티를 벗은 중년 남자였다. 마음에도 없는 웃음을 짓다가 삼십 분 만에 헤어졌다.

다음 차례는 의대를 졸업하고 5년간의 혹독한 전공의 수련을 마친 전문의였다. 그는 수련의 딱지를 떼자마자 곧장 고향으로 내려가 병원을 개업할 계획이라고 담담히 밝혔다.

"어머니가 뭐 하시나요?"

그는 여자보다 돈이 많은 장모가 필요한 남자였다. 아버지 뒤를 이어 개인 사업을 한다는 사람도 있었다.

다섯 번째로 만난 남자가 지금의 남편 성윤이다. K대를 졸업하고 모교에서 강사로 학생들을 가르치고 있다는 그는 키도 180이 넘었고, 얼굴도 성격도 나쁘지 않았다.

"혹시 한 번 갔다 오셨어요?"

선 시장에 내놓기에는 아까운 남자였다. 그는 공부하다 때를 놓쳤다며 희주의 조크에 허허 웃었다.

"저도 공부하다 보니…"

그건 아니었지만, 그렇다고 대놓고 결혼 생각이 없었다고 말할 수는 없었다. 서둘러 결혼을 해치우고 싶었던 희주와 혼기를 놓쳤다는 성윤은 몇 번 더 만나보기로 했다. 집에 들어가자, 엄마가 두 눈을 동그랗게 뜨고 달려 나왔다.

"어땠어?"

"오십 퍼센트쯤."

"어머나, 그렇게나 많이. 나머지는 살다 보면 금방 채워져."

그날로 엄마는 번갯불에 콩 튀겨 먹듯 상견례를 서둘렀고, 마흔을 넘기기 전에 면사포를 씌우겠다며 수선을 떨었다. 상대 쪽도 마찬가지라고 했다. 아가씨 나이가 많은 게 흠이지만, 그만한 혼처도 없으니 희주를 꽉 잡으라고 했다며 남자가 웃었다.

"우리 애는 아직 삼십 대예요. 요즘 식 나이로 치면 서른여덟."

상견례 자리에서 조금이라도 나이를 깎아보려는 친정엄마의 애처로운 노력에 시어머니는 여유롭게 웃으며 화답했다.

"딱 좋은 나이네요."

어쨌든 희주는 마흔이 되기 전에 비혼자라는 딱지를 뗐다. 결혼 날짜를 잡더니 엄마는 주말마다 살림을 가르치겠다고 수선을 떨었다.

"청소는 청소기에게 맡기고, 빨래는 세탁기가 하게 해. 밥은 밥솥이 할거니까 됐고. 국이랑 반찬은 엄마가 종류별로 가져다줄게. 싸우지만 말고 살아."

그건 마흔에 가까운 딸에게 엄마가 가르칠 일이 아니었다.

"요즘 젊은 사람들 이혼 사유가 청소랑 빨래에서 시작된다고 하더라고. 손바닥만 한 팬티 두어 장 빨면서 누가 하면 어떻다고 싸우냐고."

결혼하자 엄마는 또 사위 아침밥 걱정을 했다. 희주는 일곱 시면 회사에 나가고, 남편은 수업 시간에 맞춰 늦게 나가도 되는데도 사위 아침상을 차려놓고 나가라고 들볶았다. 다행히 성윤은 아침밥을 먹지 않았다. 엄마는 그런 사위를 고마워했다.

"자네가 많이 이해하고 참아주게. 희주가 좀…"

36개월 할부로 산 결혼 예물 제네시스 G70의 할부금 절반은 아직도 희주가 갚고 있고, 결혼식 비용 역시 희주가 적금으로 탄 돈으로 충당했다.

"엄마, 나 돌아가도 엄마한테는 절대 안 가."

그러거나 말거나, 마흔이 다 된 딸을 시집보낸 엄마는 마치 큰일이라도 해낸 사람처럼 동네방네 자랑하고 다녔다.

"서두를 것 없어. 때 되면 짝은 나타나더라고."

이 세상에 유일한 내 편이 생긴 결혼. 생각보다 나쁘지 않았다. 아이만 없다면 서로의 사생활을 존중하며, 각자의 커리어에 집중할 수 있을 것 같았다. 제사니, 생일이니 하며 불러 대지만 않는다면 시댁과도 불편하지 않게 지내며 어디로든 연수도 다녀올 수 있고 승진도 노려볼 수 있었다. 하지만 '집 안의 도리' 라는 명분으로 불려 내려온 시댁은 전혀 다른 세계였다.

"애는 언제 낳을 거야? 더 늦으면 큰일 난다니까."

작은어머니의 끈질긴 참견에 성윤이 웃으며 방어막을 쳤다.

"작은어머님, 저희도 노력 중이에요. 너무 재촉하지 마세요."

그러나 작은어머니는 가자미눈을 뜨고 희주를 훑으며 독설을 이어갔다.

"나이 들어 낳으면 애 머리도 안 좋고 건강도 나쁘대. 요즘 애들이 얼마나 영악한데, 태어나자마자 부모 외모랑 재력부터 점수 매긴다잖아."

속이 시끄러웠던 희주는 작은어머니를 한번 들이받고 싶었다. 그러다 결국 희주의 입에서 날 선 대답이 튀어나왔다.

"그래서 저희는 그런 싹수없는 애들은 안 낳으려고요."

희주는 가능한 한 이런 모임에는 무슨 핑계를 대고라도 참석하지 않기로 다짐했다. 살아 있는 시부모 섬기기도 벅찬데, 죽은 조상까지 받들며 살 수는 없었다.

일하기 싫은 티가 났을까. 작은어머니가 가자미눈으로 희주를 흘끔거렸다.

시어머니가 부엌으로 들어온 건 바로 그때였다. 얼굴빛이 좋지 않았다.

“자네, 오늘 어머님 제사가 아니라 우리 애들 머리 나쁜 아이 낳으라고 고사 지내는 건가? 결혼한 지 반년도 안 됐는데, 무슨 그런 악담이야? 자네 자식들만큼 머리 좋은 애 못 낳을까 봐 그래?”

“악담이라니요, 형님. 나이 많은 며느리 들였으니 서둘러야 한다는 말이죠. 형님은 뒤에선 딴말하더니 며느리 앞에선 또 태도가 다르네요.”

“뭐가 달라. 씨도 밭도 다 좋은 우리 애들이 알아서 할 일을 왜 자네가 감 놓아라 배 놓아라 참견이냐고. 아직 아들 둘 장가도 안 보낸 사람이 함부로 할 소리는 아니지. 자네 자식들 앞날이 어찌 될 줄 알고 말을 그렇게 쉽게 해.”

그때 시아버지가 방에서 나와 버럭 소리를 질렀다.

“어머니 제사 모시는 날에 며느리들이 이게 무슨 소란이야? 어머니가 오시다 그냥 돌아가시겠다.”

제사는 밤 아홉 시 정각에 시작되었다. 벽에 걸린 시계의 시침이 아홉 시를 가리키자 작은어머니가 서둘러 시어머니도 더는 미룰 수 없었다. 갑자기 마루를 오가는 발걸음이 분주해졌다. 시아버지가 거실 마루에 병풍을 치고 돗자리를 깐 위에 제상을 폈다. 희주가 윤기 나게 닦은 제기에 시어머니가 정갈하게 준비한 제수를 담았다. 그것을 쟁반에 담아 나르면 시아버지가 받아 상 위에 차렸다. 향을 사르는 성윤에게 시어머니의 깐깐한 훈수가 이어졌다.

"저 생선 머리 동쪽으로 돌려놔라. 어동육서(魚東肉西), 두동미서(頭東尾西). 어류는 동쪽, 육류는 서쪽에 놓되 생선머리는 동쪽으로 향하게 해야 한다. 잘 알아둬."

그 말에 성윤이 툴툴거렸다.

"뭐가 이렇게 복잡해요. 그냥 할머니가 좋아하시던 음식 몇 가지 놓고 지내면 안 돼요?"

시어머니가 성윤을 보고 눈을 흘겼다.

"너 교수 맞니? 왜 그렇게 무식해?"

"그렇잖아요. 이런 음식은 할머니가 좋아하지도 않으셨던 것들인데…"

시아버지가 성윤의 등을 한 대 쳤다.

"입 다물어라."

시아버지가 먼저 잔을 올리고 가족 모두 절을 했다. 희주는 제상과는 거리가 먼 부엌에 서서 낯선 풍경을 지켜보았다. 절이 끝나자 작은어머니가 희주를 불렀다.

"새 조카 며느님, 이리 와서 잔 올려. 어머님이 자네를 못 보고 돌아가셔서 많이 서운하셨을 테니 술 꾹꾹 눌러 올리고, 늦게 와서 죄송하다고 말씀드려."

성윤이 얼른 끝내고 빠져나가자는 듯 희주에게 찡긋 윙크를 보냈다. 희주가 주춤거리며 제상 앞에 무릎을 꿇자, 시아버지가 세 번에 나누어 술을 따랐다. 코끝을 찌르는 진한 술 향기가 오히려 좋았다. 마음 같아서는 그 잔을 그대로 입에 털어 넣고 싶었다. 일면식도 없는 시할머니의 혼을 향해 희주는 절을 올렸다.

"절을 한 번 더 해."

시어머니의 말에 희주는 다시 몸을 숙였다. 시아버지는 손자며느리를 귀하게 여겨 앞으로 하는 일마다 잘되게 도와달라고 말했다. 그 말이 가슴을 뭉클하게 했다. 시아버지가 써서 부친 지방 곁에 머리가 하얀 시할머니가 앉아 있는 듯한 기분이 들었다.

제사상 앞엔 죽은 이의 부재보다 산 이들의 부재가 더 도드라졌다. 명문대에 다니는 작은 집 조카들은 '공부'를 핑계로 아무도 내려오지 않았다. 공부에 방해된다며 시어머니가 미리 오지 말라고 했다지만, 작은어머니는 자기 아들들이 참석하지 않은 이유에 대해 어떤 변명도 하지 않았다. '똑똑하고 훌륭한 자식일수록 더 바쁘지.' 다들 그렇게 여기는 듯, 그들의 부재를 문제 삼는 사람은 없었다. 생전의 시할머니 역시 늘 그렇게 말했다고 했다.

"그 아이들은 내려올 생각 말고 공부만 열심히 하게 해라. 장차 장관도 되고 국회의원도 될 놈들이다."

말끝마다 공부였다고. 시할머니는 S대를 아무나 가냐며 목에 힘을 주고 살았다고 했다. 아직 그 소원만큼 높은 자리에 오른 사람은 없지만, 서울 조카들이 좋은 대학에 갔으니 미래가 밝다고 시어머니는 말했다.

그러나 그 자리에서 누구도 성윤이 언제 전임이 될 수 있는지, 어려움은 없는지 묻지 않았다. 계획에도 없는 아이 이야기만 오갔다. 성윤도 끝내 입을 다물었다.

제상에 숭늉을 올리는 차례가 되자 작은어머니는 신경 써 차린 친구 밥상을 현관 앞에 내놓았다. 전과 과일, 나물과 산적, 국과 밥, 술을 올리고 "잘 드시고 가세요."라는 인사까지 덧붙였다. 희주는 그녀가 왜 그토록 친구 밥상에 공을 들이는지 궁금했다. 내년부터는 내려오지 않겠다고 말해놓고도 술을 여러 잔 올렸다.

희주가 다가가 조심스레 물었다.

"작은어머님, 할머님 제사는 서울로 모셔가서 작은어머님 식대로 지내세요. 그러면 친구 밥상 더 거하게 차릴 수 있을 텐데."

순간 작은어머니의 낯빛이 파랗게 변했다. 아차 싶었다.

"자네, 그러고 보니 마음에 품은 생각이 따로 있구먼. 그게 시집온 지 얼마 되지도 않은 사람 생각은 아닐 테고. 혹시 자네 시어머니가 그렇게 말하던가? 어머니 제사를 서울로 모셔가면 좋겠다고?"

당황한 희주가 손사래를 쳤지만, 이미 엎질러진 물이었다. 그건 절대 아니라고, 그냥 해본 말이고 죄송하다고 했지만 작은어머니 화는 쉽게 풀리지 않았다.

막내 작은어머니가 분위기를 수습하듯 제상을 정리했다. 과일과 떡, 과자류를 나눠 봉투에 담았다. 작은어머니 말대로 멀리 갈 사람들이 있어 서둘러 밥을 먹어야 했다.

음복의 시간이 왔지만, 희주는 숟가락을 들고 싶지 않았다. 속이 거북해 저녁을 거르겠다는 희주를 향해 작은어머니가 비릿한 미소를 지으며 쏘아붙였다.

"제사 음식을 나눠 먹는 게 복을 받는 거야. 그래서 음복(飮福)이라고 하지. 자네, 혹시 교회 다녀서 이러나?"

희주는 대답 대신 현관 앞에 차려진 '친구 밥상' 앞으로 걸어갔다. 그리고 작은어머니가 친구들을 위해 따라두었던 술잔을 집어 들었다. 달콤하고 끈적한 소곡주가 목을 타고 뜨겁게 넘어갔다. 곁에 놓인 한 잔을 또 단숨에 들이켰다. 지켜보던 사람들의 눈이 경악으로 커졌다.

"왜들 그러세요? 복 받는 술이라면서요."

입가에 묻은 술기를 닦아내며 희주는 씩 웃었다. 경악한 시어머니가 달려와 희주의 팔을 낚아채듯 부엌으로 끌고 들어갔다. 시어머니의 손길에는 살의에 가까운 노기가 서려 있었다.

"너, 다시는 이 집에 발 들일 생각 마라. 그놈의 똑똑한 티를 기어이 입으로 다 내는구나."

어깨를 거칠게 밀치는 시어머니의 서슬 퍼런 선언 뒤로, 현관 밖 감나무 그림자가 기괴하게 흔들렸다. 배고픈 귀신들이 정말 친구 밥상 주위를 에워싸기라도 한 듯, 밤바람이 스산하게 부엌 문틈을 파고들었다.

*

시어머니 바람대로 죽은 시할머니가 와서 절을 받았을까. 희주는 마당으로 나와 차가운 밤하늘을 올려다봤다. 어둠을 헤치고 무수한 별들이 하늘 가득 박혀 있었다. 사람들이 나오기 전까지 희주는 빈 마당을 천천히 걸었다. 찰나의 순간, 시할머니가 몰고 온다는 이름 모를 귀신들과 어깨가 툭 부딪히는 기묘한 감각이 스쳤다.

식사를 마치고 가장 먼저 마당으로 나온 이는 둘째 작은어머니였다. 시어머니는 조카들 주라며 농사지은 과일 상자와 제사 지낸 음식을 차 트렁크에 꾹꾹 눌러 실었다. 졸리면 쉬어 가고, 도착하면 전화하라는 시아버지의 당부가 길어져 배웅이 늦어졌다. 작은아버지가 운전석에 앉자 작은어머니도 서둘러 차에 올랐다. 불빛 아래 흔들리는 그녀의 단정한 실루엣은 세련된 아우라를 풍겼지만, 어둠 속으로 멀어지는 차의 뒷모습은 짙은 어둠에 가려 위태로워 보였다. 두 사람이 떠난 길목에는 오직 짙은 정적만이 남았다.

다음은 희주네 차례였다. 시어머니는 희주의 차 트렁크에도 제사 지낸 음식과 과일을 실었다. 성윤이 운전석에 앉고 희주가 조수석에 탔다. 창문을 열어 어른들께 인사를 건넸다. 손을 흔들어주는 시어머니의 굽은 등이 백미러 속에서 점차 흐릿해지며 어둠 속으로 잠겨갔다.

그때였다. 대문 앞에 선 시아버지 곁에 키가 작고 머리가 하얀 노인이 서 있는 것이 보였다. 노인은 해맑게 웃으며 잘 가라고 손을 흔들었다. 희주가 놀라 눈을 비비고 다시 보았을 때, 그 자리엔 시아버지 홀로 덩그러니 서 있을 뿐이었다. 손을 흔들어주는 시어머니의 굽은 등이 어둠에 잠기며 차 뒤로 천천히 멀어졌다.

"나 때문에 제삿날 분위기가 뒤틀린 것 같아, 미안해."

동리를 빠져나오며 희주가 말했다.

"뭐든 순리대로 해야 해. 그래야 모인 가족들이 불편하지 않거든."

희주는 성윤의 옆얼굴을 바라봤다. 시어머니를 닮은 선 굵은 얼굴이 유난히 다정해 보였다. 차의 라이트가 어둠에 잠긴 길을 양쪽으로 갈랐다. 그때 숲속에서 튀어나온 고라니 두 마리가 맞은편 산으로 뛰어가다 뒤를 돌아봤다. 그들의 눈이 푸른빛으로 번뜩였다.

"작은어머님, 요즘 마음고생이 크신 것 같더라."

"왜?"

"이번에 형철이가 변호사 시험을 안 치렀다나 봐."

희주가 놀라 눈을 크게 뜨자 성윤이 말을 이었다.

"법조문대로 시시비비를 가리는 일이 자신과는 맞지 않는다면서, 창의적인 일을 찾고 싶다고 했대."

"창의적인 일이 뭐래?"

"영화도 만들고, 게임도 개발하고 싶다고 했다더라고."

작은어머니가 자존심 때문에 말하지 않는 걸 작은아버지가 시아버지에게 흘렸다고 했다.

"자기 하고 싶은 일 하며 살겠다는데, 왜 말린데? 능력 있는 사람인데."

"아들 판·검사, 의사 시키는 걸 인생 최고의 낙으로 알고 사신 분들이잖아. 속보다 겉이 화려해야 만족하는 분들인데… 공들여 쌓은 탑이 한순간에 무너진 기분이었겠지. 결혼도 안 하겠다고 했다니, 작은어머니 속이 오죽하겠어."

평소에 그렇게 말이 많은 분은 아닌데, 오늘은 좀 과했다고 성윤은 말했다. 희주는 슬쩍 시어머니 태몽 이야기를 꺼냈다.

"어머니, 정말 태몽 꾸셨을까?"

성윤은 희주를 보며 싱겁게 웃었다.

휴게소에서 잠시 쉬어 가기로 했다. 희주는 자신이 운전하고 성윤을 쉬게 하고 싶었다. 커피를 사 들고 와 의자에 앉았다. 가로등 불빛이 텅 빈 휴게소 마당에 길게 그림자를 드리웠다. 성윤이 희주 손을 잡았다.

"우리 할머니 말야. 생전에 꾸지도 않은 태몽을 꿨다고 부풀려 동네방네 소문을 낸 분이셔. 엄마도 그러실지 몰라. 어떻게 본 적도 없는 용꿈을 꾸겠어."

"누구 태몽을 부풀린 건데?"

"서울 작은아버지 태몽이었겠지."

— 아, 글쎄 내가 집 대숲으로 들어가는데 하늘에서 굵은 동아줄이 출렁출렁 내려오는 거야. 놀라서 다가가니 끝에 매달린 삼태기 안에 용 새끼가 들어 있더라고. 어찌나 사랑스럽고 예쁘던지. 얼른 품에 안아 머리를 쓰다듬어 주고는 다시 태워 하늘로 올려보냈어. 그 꿈을 꾸고 나서 바로 아이가 들어섰지. 나는 그 아이가 크게 될 줄 알았어.

온 동리에 그렇게 소문을 내놓고는, 어느 날 시어머니에게 사실은 지어낸 이야기라고 털어놓았다고 했다. 그런 말을 아이가 믿어야 그 말에 맞춰 큰 인물이 된다는 생각이었다고. 법관 아들을 키워낸 송금순 여사다운 논리였다.

성윤이 갑자기 희주 어깨를 끌어안았다.

"우리 서울 가면 아이 만들자. 쌍둥이면 더 좋고."

아이.

희주는 성윤을 바라봤다. 어둠 속이라 표정은 잘 보이지 않지만,

기대에 찬 기색은 느껴졌다. 시어머니의 용꿈과, 눈망울이 까만 아이 얼굴이 겹쳐 떠올랐다.

— 자기야, 나 런던으로 연수 떠나. 오늘 오후에 최종 합격 문자 왔어.

희주는 그 말을 소리 내지 않고 입안에서 굴려 보았다.

앞서 걷던 성윤이 어둠 속에서 물었다.

"뭐라고 했어?"

희주는 대답 대신 차창 밖으로 흐르는 차가운 밤공기를 들이마셨다. 누군가의 기획된 태몽에 맞춰 평생을 살아가는 삶이 아니라, 오직 자신의 의지로 써 내려갈 런던의 밤하늘을 떠올렸다. 휴게소를 빠져나가는 차의 헤드라이트가 다시 어둠을 갈랐다. 그 빛의 끝에는 누군가의 '친구 밥상'이 아닌, 희주 자신이 스스로를 위해 차린 오롯한 삶의 만찬이 기다리고 있을 것만 같았다.

쉿, 비밀이야

검은 두건을 쓴 검은 개가 나타나 시어머니가 들고 있는 숫자 1을 물고 뛰었다. 그러자 2, 3, 4… 남은 숫자들도 1을 쫓아 달렸다. 평생 시어머니의 곁을 지키던 정직한 숫자들이었다. 속도가 너무 빨라 따라잡을 수 없었다.

"안 돼, 가지 마!"

내가 소리쳐 불러도 그들은 멈추지 않고 더 빠르게 달렸다. 그때 어디선가 들려오는 날카로운 사이렌 소리가 고막을 찢었다. 눈을 뜨니 온몸이 땀으로 흥건히 젖었다. 흉몽인가. 몸을 일으키는데 마디마디가 쑤셨다. 시계를 보니 새벽 네 시. 그때 적막을 깨고 요란한 전화벨이 울렸다. 이 시간에 대체 누구야. 목까지 차오른 짜증을 누르며 전화를 받자, "나다." 귀에 익은 익숙한 목소리가 들렸다. 시어머니였다. 놀란 나는 얼른 휴대전화를 오른손으로 고쳐 쥐었다.

"어머니? 이 시간에 무슨 일이세요?"

"네 시아버지가…"

순간 잠이 확 달아나며 가슴이 덜컥 내려앉았다.

"왜요? 아버님께 무슨 일이라도 생겼어요?"

"너희 시아버지가 글쎄… 통장 비밀번호를 잘못 알려주는 바람에 세 번이나 틀렸지 뭐냐. 분명 내 생일로 한다고 한 것 같은데 아니라고 하는구나. 이제 거동도 불편한 환자가 은행까지 가서 다시 비밀번호를 만들어야 한다니, 이걸 어떡하면 좋니?"

오늘은 꼭 참석해야 할 모임이 있어 은행은 다른 날 가자고 말하려는데 일찍 건너오라는 말만 남기고 전화가 딸각 끊겼다. 본인 할 말만 하고 전화를 끊는 시어머니의 고약한 통화 습관이 새삼스럽지는 않았지만, 울컥 화가 치밀었다.

"빠지면 벌금 십만 원이야."

이런 일이 생길 줄 모르고 불참 금을 올려야 한다고 앞장서 호들갑을 떨었던 건 나였다. 하지만 돈보다 모임을 빠질 수 없는 이유는 따로 있었다. 날이 밝으려면 서너 시간은 더 기다려야 하는데, 술에 취해 한 시가 넘어서 들어온 남편은 코까지 골며 깊은 잠에 빠져있었다. 다시 누워도 잠이 올 것 같지 않았다. 주섬주섬 옷을 입고 거실로 나오니, 졸고 있던 창밖의 어둠이 가로등 불빛에 칙칙한 민낯을 드러냈다.

*

시아버지는 퇴임하자마자 주택담보노후연금을 신청했다. 주택을 담보로 매달 일정 금액을 찾아 쓰는 제도였다. 그리고 평소처럼 월급날이 되면 빳빳한 신권으로 채운 돈봉투를 시어머니에게 건넸다. 봉투를 내미는 시아버지 표정은 퇴임 전보다 오히려 더 당당하고 호기로웠다.

"자, 월급."

"월급은 무슨. 통장이나 줘요. 내가 알아서 찾아 쓰게."

통장에 대한 시어머니 요구는 완강했지만, 시아버지 또한 단호했다.

사실 시어머니는 중학교 교사로 퇴직해 이미 본인의 연금 통장을 쥐고 있었다. 많지는 않지만, 그 돈만으로도 취미생활과 집안 살림 정도는 가능했다. 그런데도 시어머니는 끈질기게 남편의 통장을 탐냈다. 시아버지는 쓸 만큼 가져다주는데 왜 그러느냐며 언성을 높였고, 시어머니는 이 나이에 통장 들고 도망이라도 갈까 봐 의심하느냐고 맞섰다. 숫자를 향한 그 지리멸렬한 전쟁은 시아버지가 뇌졸중으로 쓰러지고 나서야 끝이 났다. 시어머니는 그토록 원하던 통장을 손에 넣었지만, 정작 중요한 것을 얻지 못했다.

"비밀번호하고 도장은요?"

그러나 쓰러진 뒤 인지장애가 심해진 시아버지는 비밀번호는커녕 다른 기억도 오락가락했다. 무엇을 물어도 "몰라, 몰라." 하며 아이처럼 천진하게 웃었다. 시어머니는 혹시나 해 서재부터 금고, 집 안을 모조리 뒤졌지만, 통장개설 당시 사용한 도장이나 비밀번호를 적어 둔 메모는 찾지 못했다. 그날부터 시어머니는 시아버지를 미워했다. 머리를 열어볼 수도 없고, 통장을 달라는 자신이 미워 일부러 저러는 것 같다고 말했다.

"통장 만들 때 분명 비밀번호를 내 생일로 한다고 했어. 그럼 5월 17일, 0517이 맞아야 하잖아. 그런데 왜 은행에서는 아니라는 거야?"

보다 못한 아들이 버럭 소리를 질렀다.

"엄마, 그만해요! 환자 붙잡고 뭘 묻겠다는 거예요. 아버지는 기억이 온전하지 않은 환자라고요."

여러 차례 면박을 당한 뒤, 시어머니는 작전을 바꾼 듯했다. 시아버지 생일부터 결혼기념일, 아파트 동·호수, 남편과 내 생일, 손자 생일까지 연관된 숫자를 빽빽하게 적은 종이를 들고 은행을 드나들었다. 하지만 본인이 아니면 재설정이 불가능하다는 원칙 앞에서 시어머니의 통장에 대한 집착은 증오로 변했다. 시아버지에 대한 미움도 점점 더 깊어졌다.

"비밀번호 오류가 세 번 누적되면 환자라도 본인이 직접 내방하셔야 합니다."

은행 직원의 말에 시어머니는 0517이 틀릴 리 없다며 은행도 믿지 못하겠다고 화를 냈다. 그러고는 지난밤, 기어이 이 번호 저 번호를 눌러 세 번 이상 오류를 냈고, 결국 거동이 불편한 시아버지를 휠체어에 태워 은행에 가야 하는 상황을 만들고 말았다.

*

일찍 건너오라는 시어머니 명을 거역할 수 없어 서둘러 분당에 있는 시댁으로 향했다. 현관문을 밀고 들어서니, 열린 방문 사이로 시아버지 환자복을 갈아입히느라 애쓰는 간병인의 뒷모습이 보였다.

"웬일이니, 이렇게 일찍?"

식탁에서 밥을 먹던 시어머니가 쳐다보지도 않고 물었다.

"어머니가 전화하셨잖아요. 은행 가야 하니 일찍 오라고."

"내가 언제? 너는 젊은 애가 왜 그렇게 정신이 없니."

"어머니… 왜 자꾸 그러세요. 무섭게."

시어머니가 멍한 눈으로 나를 바라봤다. 모든 게 깨끗이 비워진 듯한, 아무런 상념도 읽히지 않는 얼굴이었다. 한참을 그러고 있다가 시어머니가 갑자기 무릎을 '탁' 치더니 소리쳤다.

"아아, 통장. 내가 너희 시아버지 때문에 못 산다. 못 살아."

요즘 들어 시어머니는 전과 달리 오래 묵은 먼지를 털듯 시아버지 험담을 자주 입에 올렸다.

"아무리 환자라도 그렇지, 몇 년째 쓰던 비밀번호 하나 기억 못 하고 엉뚱한 번호를 알려줄 게 뭐냐."

"일부러 그러신 건 아니잖아요. 아버님은 환자세요."

"너는 내가 무슨 말만 하면 꼭 시아버지 편을 들더라."

시어머니는 대화를 자르듯 갑자기 망고가 먹고 싶으니 시장부터 다녀오라고 하고는 방으로 들어가 버렸다. 나는 갈아입힌 환자복을 들고 세탁실로 가는 간병인에게 밤새 무슨 일이 있었는지 물었지만, 그녀 역시 내 시선을 피하며 입을 굳게 다물었다.

'왜들 이러는 거야.'

나는 시아버지가 누워 있는 방으로 들어갔다. 시아버지도 입이 잔뜩 부어있었다.

"어머니한테 혼나셨어요? 새벽부터 전화하셨던데."

시아버지는 고개를 저었다. 피가 맑아야 오래 산다며 아침 운동에 해독 주스를 손수 갈아드시던 분이, 쓰러진 뒤 일 년 넘게 자리를 털고 일어서지 못하고 있었다. 투병 기간이 길어질수록 시어머니의 신경질도 가시가 돋았다. 병원에서는 처음부터 요양 기간이 길어질 거라며 시설 좋은 요양병원을 권했다. 그러나 시어머니는 집 놔두고 남편을 어디로 보내냐며 병간호는 본인이 하겠다고 호통쳤다. 그러던 분이 집에 온 지 사흘 만에 비위가 약해 간호는 못 하겠다고 뒤로 넘어갔다.

"나는 냄새 때문에 저 양반 곁에도 못 가겠다. 네가 좀 해라."

며느리보고 시아버지 대소변을 받아내라는 소리였다. 결국 전문 간병인을 구할 수 밖에 없었다. 수고비는 시아버지가 주던 생활비의 두 배를 훌쩍 넘었지만, 선택의 여지가 없었다.

나는 시아버지의 메마른 손을 한 번 잡아주고 방을 나왔다. 시장바구니를 들고 현관을 나서는데, 시어머니가 내 뒤통수에 대고 앙칼지게 소리쳤다.

"망고, 잘 익은 걸로 사 와라."

*

성당에 다니는 친구 정희의 외아들 진수가 머리를 깎고 출가했다는 소식을 들은 지 서너 달이 지났다. 진수는 성당에서 복사 일을 도맡아 해오던 아이였다. 자신이 쥔 수술칼이 생명을 살리기보다 죽이는 칼이 될까 두렵다며 의대에 간 걸 후회한다고 했을 때, 실습 때는 다 그런 생각을 한다고 하더라는 말로 정희를 위로했었다. 그러나 진수는 끝내 학교를 그만두고 출가했다. 정희가 차라리 신부가 되라고 매달렸지만, 진수는 사미계를 받았다. 마음고생하던 정희 부부는 주말에 한국을 떠나기로 했다고 했다. 더 늦기 전에 아프리카 봉사팀에 합류하기로 했다고.

"정희야, 입은 옷만 다르지, 스님이랑 신부는 똑같은 성직자야. 진수는 제 인연에 맞는 길을 찾아 떠난 거고."

위로를 건넸지만, 정희는 그 수용의 과정이 말처럼 쉽지 않다고 했다.

"우리에겐 시간이 필요해."

"결국 너희 부부도 출가하는구나. 그렇다고 아프리카까지 가야 하니."

입으로는 그렇게 말하면서도, 모든 걸 내려놓는 일이 결코 말처럼 쉽지 않을 거라는 생각이 들었다. 떠나기 전 모임에 나가 얼굴을 보고 잘 다녀오라는 말이라도 해주고 싶었다.

고기를 사고 망고를 고르는 내내 머리가 지끈거렸다. 후텁지근한 날씨 탓도 있었지만, 정희 생각이 장바구니보다 무겁게 마음에 얹혀 있었다. 콧등에 송골송골 땀이 맺혔다. 바람 한 점 없는 길을 터벅터벅 걸어 집에 들어서니, 문간에 서 있던 시어머니가 다짜고짜 화를 냈다.

"은행에 가기로 해놓고 대체 어디서 뭘 하다 이제야 오니?"

나는 들고 온 장바구니를 시어머니 눈앞에서 마구 흔들었다.

"어머니, 제가 제정신이 아닌가 봐요."

내 뻐 있는 대꾸에 시어머니는 한심하다는 듯 눈을 흘겼다.

"너는 그렇게 망고가 먹고 싶었니? 이 난리에 망고가 목구멍으로 넘어가게 생겼어?"

결국 시아버지에게 미열이 있어 은행에는 가지 못했다. 시어머니도 새벽부터 잠을 설친 탓인지 점심을 먹자마자 곤히 잠들었다. 나는 집으로 돌아오는 차 안에서 정희에게 전화를 걸었다.

“가기 전에 꼭 한번 보자.”

*

시댁이 서울에서 분당으로 이사한 것은 순전히 시아버지의 고집이었다. 시아버지는 회계사 사무실을 정리하더니 굳이 공기도 나쁜 서울 한복판에서 살 이유가 없다며 외곽으로 나가 살고 싶어 했다. 집 근처에 산이 있고, 큰 병원과 맛있는 음식점이 있으면 좋겠다는 뜻에 따라 남편은 산과 공원이 가깝고 종합병원도 있는 분당서울대병원 인근에 지금 사는 집을 매입했다. 서울 집보다 평수가 넓은 3층 빌라였다. 들여놓고 싶은 운동기구가 많다는 시아버지 뜻을 반영해 평수를 조금 더 늘려야 했다.

그러나 시어머니는 서울을 떠나는 걸 몹시 싫어했다. 창문만 열면 시원한 강바람이 밀려들던 청담동 한강 아파트 15층 2호. 아들이 초등학교 4학년 때 입주해 평생의 자부심을 쌓아올린 집을 떠나고 싶지 않았다. 재건축하면 한강을 바라보는 더 높고 넓은 평수를 받을 수 있는데도, 기어이 팔고 외곽으로 나가려는 시아버지와 다툼이 잦았다.

"내 집 내가 팔겠다는데 웬 성화야."

결국 시아버지는 독단적으로 집을 처분했고, 시어머니는 끌려가듯 이사할 수밖에 없었다. 말없이 짐을 정리하던 뒷모습엔 형용할 수 없는 울분이 서려 있었다.

새로 이사한 집은 산으로 이어지는 둘레길이 연결돼 있어 시아버지는 아침마다 산행을 다녔다. 병원이 가까워 한 달에 한 번씩 모시고 다니던 정기 검진도 두 분이서 다녀왔다. 가끔 집 주변 풍광을 찍은 사진이 가족 카톡방에 올라오기도 했다. 그걸 보며 시어머니도 나름 적응해 가는 것 같아 다행이라 생각했다.

그런데 서너 번 함께하던 산행을 시어머니는 그만뒀다고 했다. 걷는 것보다 거실에 앉아 경치를 보는 게 더 좋다며, 아들이 좋은 집을 구해줘 호강한다고 말했다. 하지만 그 말 속에는 짙은 원망이 섞여 있는 듯했다. 전국 미세먼지 지도를 보면 분당이 서울보다 월등히 공기가 좋은 것도 아닌데, 시어머니는 서울 한복판에 사는 너희 때문에 마음이 아프다는 말을 자주 했다. 그 말은 너희라도 우리 곁으로 이사 오면 좋겠다는 무언의 암시처럼 들렸다.

나는 모른 척했다. 시어머니를 대하는 게 불편한 건 아니었지만, 굳이 남편 회사에서 먼 시댁 곁으로 이사할 생각은 없었다.

시어머니는 청담동이 지금처럼 번잡해지기 전부터 집 근처 음악다방 〈브람스〉에서 클래식 음악 듣는 걸 즐겼다. 〈브람스〉는 낡고

촘촘한 나무 계단을 두 층 거슬러 올라가면 한강 전망이 시원하게 펼쳐지는 옛날식 다방이었다. 군데군데 칠이 벗겨진 거친 나무 바닥과 손때 묻은 창가 좌석은 세월의 궤적을 그대로 머금고 있었다. 한쪽 벽면은 음악을 전공한 여주인이 젊은 시절부터 수집해온 LP판들로 빼곡히 채워져 있었다.

그곳은 시어머니 인생 삼십 년이 켜켜이 쌓인 장소이기도 했다. 시어머니를 따라 처음 그곳에 갔을 때, 욕망이 들끓는 강남 한복판에 이런 정적인 공간이 박제되어 있다는 사실이 경이롭기까지 했다. 〈브람스〉는 음악을 좋아하는 사람들로 늘 붐볐다.

시어머니는 시아버지의 골프 모임이나 산행에는 좀처럼 따라나서지 않았지만, 기쁜 날에도 우울한 날에도 습관처럼 〈브람스〉를 찾았다. K중학교 정수희 수학교사. 아들 뒷바라지를 위해 정년을 채우지 못하고 퇴직했지만, 삼십 년 가까이 교단에 섰던 사람. 수학 공식만큼이나 정확하고 단정한 삶을 분초 단위로 쪼개 살던 시어머니에게 클래식 음악이라는 유일한 탈출구가 있었다는 사실은 내게 신선한 충격이었다.

시어머니의 절친이자 〈브람스〉의 주인인 '클라라 리'는 대학에서 음악을 전공하고 독일 유학까지 다녀온 재원이었다. 그런 그녀가 왜 화려한 무대 대신 음악 다방을 택했는지는 늘 동네의 은밀한 화젯거리였다. 사람들은 그녀가 선곡해 주는 피아노 협주곡을 들으며 비엔나커피를 마셨고, 한강을 바라보며 각자의 생을 반추했다. 격동의 정치사나 극성스러운 교육열보다, 음악의 선율에 취해 행복했던 시절이었다고 시어머니는 회상했다. 온전히 자신으로 존재했던 그 시절이 시어머니에겐 생의 황금기였을 것이다.

"브람스 피아노 협주곡 1번과 2번, 그리고 교향곡 4번을 듣는 게 내 태교이기도 했지."

애절하고 열정적인 브람스의 선율을 들으며 시어머니는 태어날 아들의 어떤 모습을 꿈꿨을까. 그 시절 〈브람스〉에 모이던 사람들은 음악을 들을 줄 아는 사람들이었다. 교육 현장과 결혼 생활이 늘 보람으로만 채워진 건 아니었다고 말하던 시어머니에게 음악은 고단한 현실을 견디게 하는 유일한 치유제였을지도 모른다.

"내 외로움은 친구와 음악이 달래줬어."

마주 보고 살아도 문득문득 적막해지는 게 부부라면, 그 깊은 골을 건너게 해준 건 음악의 다리였을 것이다. 나 역시 남편의 서늘한 등을 보며 잠드는 밤이나, 공부에 지친 아들의 무거운 침묵을 마주할 때면 시어머니가 말한 외로움이라는 단어가 마음 한구석에 서늘하게 고이곤 했다.

그러던 어느 날, 텔레비전 화면에 클라라 리가 비리 종교 집단의 일원이라는 충격적인 뉴스가 흘러나왔다. 상상할 수 없을 만큼 많은 돈과 땅을 소유하고 있던 그는 세금 포탈 혐의로 쫓기다, 지방의 한 소도시 퇴락한 별장에서 서늘한 시신으로 발견됐다. 그 사건과 함께 〈브람스〉의 문은 굳게 닫혔고, 얼마 후 지하철 7호선 공사가 시작되면서 추억이 깃든 건물마저 흔적 없이 헐려 나갔다. 시어머니가 청담동에 뿌리를 내리고 삼십 년을 살며 가장 큰 위안을 얻었던 〈브람스〉와의 인연은 그렇게 비극적으로 매듭지어졌다. 그 뒤로 시어머니가 다른 음악다방을 기웃거린다는 소식은 들리지 않았다. 분당으로 이사한 후에는 그런 취미가 있었다는 사실조차 세월 속에 마모되어 잊힌 듯했다.

그런데 최근 간병인의 말에 따르면, 시어머니의 행보가 눈에 띄게 기이해졌다고 했다. 한껏 화려하게 차려입고 외출했다가 오후 서너 시쯤 돌아오는데, 예전의 단아함은 간데없고 유난히 원색적인 옷에 집착한다는 것이었다. 입술엔 어울리지 않는 짙은 립스틱을 덧칠하고, 전에는 없던 음식에 대한 탐심까지 부쩍 늘었다고 했다. 나를 마주할 때도 시아버지를 향한 원망과 비난은 전보다 훨씬 노골적이고 날카로워졌다.

어느 날은 불쑥 전화를 걸어 뜬금없는 질문을 던지기도 했다.

“아범 나이가 올해 몇이냐?”

자식의 나이조차 가물거리는 질문을 받을 때마다, 나는 형용할 수 없는 불안감에 고개를 갸웃했다. 백세시대라지만 일흔여섯을 청춘이라 부를 수는 없었다. 그렇다고 선뜻 어떤 병명을 끌어다 붙이기엔, 시어머니의 눈빛은 너무나 형형하고 또렷했다.

*

시어머니가 또 간병인을 바꾸라고 전화했다. 시어머니 성화로 일 잘하던 간병인을 내보낸 게 벌써 네 번째였다. 처음엔 간병인이 냉장고에 든 음식을 몰래 훔쳐 먹는다고 성화를 부려 어쩔 수 없이 내보냈다. 이해심도 많고 좋은 사람이었다. 두 번째는 돈을 훔쳐갔다고 난리를 쳐서 바꿨다. 그럴 수도 있다고 생각했다. 숫자에 결벽증이 있던 시어머니는 잔돈 몇 푼만 어긋나도 온 집안을 잡도리하며 기어이 계산을 맞춰내야 직성이 풀리는 분이었기에, 나는 그 말을 믿어줄 수밖에 없었다. 다른 집에서도 종종 그런 일이 생긴다는 말을 들었기에 시어머니 말을 믿어줬다. 그다음은 너무 털털하다며 짜증을 부려 내보내야 했다. 그런데 이번 경우는 달랐다.

“저년이 네 시아버지 얼굴을 쓰다듬어 주고, 밥도 먹여주고, 소곤소곤 둘이서만 정답게 얘기하고, 밤에는 이상한 짓도 해. 저년이 나를 투명 인간 취급한다니까.”

수화기 너머 시어머니의 음성에는 독한 분노가 흥건히 고여 있었다.

“당장 와서 저년 내보내라.”

간병인 역시 할머니가 무서워 더는 일할 수 없다고 했다. 밤에 자다 이상한 기척에 눈을 떠보니 시어머니가 머릴 풀어헤친 채 자신을 내려다보고 있었다며, "귀신인 줄 알았어요."라며 몸서리를 쳤다. 계속 있다가는 할머니가 무슨 짓을 할지 모르겠다고 했다.

"혹시 아버님, 젊어서 바람피우셨나? 왜 갑자기 저런 생각을 하시지."

내 말에 남편은 펄쩍 뛰었다.

"무슨 소리야. 우리 아버지는 백두산 천지 물에 씻어도 흠 하나 안 나올 분이셔."

"아들이라고 부모 속사정을 다 알 순 없잖아."

짐짓 담담하게 대꾸했지만, 우리 부부는 같은 늪에 빠져들고 있었다. 차마 입에 올리지 못하는 말, 나이 든 부모를 둔 자식이라면 누구나 심장 밑바닥에 품고 사는 독한 두려움이 현실로 육화되고 있었다.

그날 이후, 새벽 네 시면 어김없이 비명이 날아들었다.

"에미야, 그년이 또 안방에 들어갔다!"

시어머니 목소리는 숨이 넘어갈 듯 다급했다. 시어머니 말에 따르면, 시아버지가 젊은 여자를 집으로 데리고 들어와 안방을 내주고 본처인 자신을 문간방으로 내쫓았다는 것이었다. 통장 비밀번호를 틀리게 가르쳐준 것도 그 상간녀에게 돈을 빼돌리기 위한 시아버지의 계략이라고 확신했다.

"0517. 그게 내 생일이자 비밀번호야. 은행 놈들이 아니라고 하는 것도 네 시아버지가 매수해서 그러는 거라고!"

시어머니는 악을 쓰며 고함까지 질렀다. 엉뚱하다 못해 기괴한 상상에 내가 헛웃음을 터뜨리자, 시어머니의 분노는 걷잡을 수 없이 타올랐다. 그녀의 정신은 이미 꺾인 나뭇가지처럼 위태롭게 엉겨 있어, 누구든 건드리기만 하면 날카로운 파편을 흩뿌렸다.

결국 남편과 함께 시어머니를 모시고 병원을 찾았다. 평생 타인의 오답을 잡아내던 직관 때문인지, 시어머니는 본능적으로 의사 앞에서 몸을 잔뜩 움츠렸다.

"할머니, 제가 말하는 단어를 잠시 후 여쭤볼 테니 기억해 주세요."

의사는 천천히 세 단어를 불렀다. 하늘, 바람, 소리를 세 번 반복했고 시어머니는 그대로 따라했다. 이어 집 현관 비밀번호와 주민등록번호, 시아버지 생일을 물었다. 시어머니는 거침없이 대답했지만, 현관번호와 통장번호, 시아버지 생일은 모두 틀린 번호였다. 의사가 말했던 단어 중 소리를 계속 소라라고 말했다. 시어머니는 의사를 바라보며 당당하게 말했다.

"선생님, 나 S대 나온 K중학교 수학 선생이었어요."

시어머니는 무너지는 기억의 잔해를 붙들려는 듯 자신의 이력을 훈장처럼 내보였다. 의사는 웃었다. 그리고 '할머니'라는 호칭 대신 '정 선생님'이라고 고쳐 불렀다.

그 호칭에 시어머니는 과장되게 어깨를 으쓱하며 화려했던 과거를 늘어놓았다. 예전의 단정함은 사라지고, 오직 'S대 출신 수학 교사'라는 껍데기만 반복해서 강조하는 모습이 애처로웠다.

"학생들이 정 선생님 참 좋아했을 것 같아요. 인기 많으셨죠?"

의사는 나와 남편을 따로 불러 우려했던 말을 전했다.

"아직은 초기지만, 점차 단계가 올라가면서 새로운 이상 행동이 나타날 겁니다. 약 복용은 꼭 챙기세요. 그리고 가능하면 어머님 자존심을 지켜주십시오."

의사는 시어머니처럼 자존심이 강한 분일수록 자신의 병을 알게 되면 좌절이 크다며, 당분간은 비밀로 하라고 했다.

*

심란한 마음만큼이나 하늘이 낮게 내려앉아 있었다. 간간이 부는 바람은 환자가 외출하기엔 제법 쌀쌀했다. 그러나 아침부터 오늘은 꼭 통장 비밀번호를 새로 바꾸겠다는 시어머니를 말릴 수는 없었다.

"돈 드릴 테니 그냥 두세요."

남편이 아이 달래듯 몇 주를 버텨왔지만, 더는 말릴 재간이 없었다. 미리 은행에 전화를 걸어두고 시어머니와 시아버지, 간병인을 태워 은행으로 갔다. 차에서 내려 시아버지를 휠체어에 태우고 은행 안으로 들어서자 직원이 다가왔다.

"죄송합니다. 저희도 규정상 어쩔 수가 없어서요."

새로 설정한 비밀번호는 8015였다. 이 땅에 독립을 가져온, 가장 잊을 수 없는 날로 정하고 싶다고 시어머니가 말했다. 하고 많은 숫자 중에 왜 하필 그 번호냐고 묻자, 대한민국 사람이라면 모를 리 없는 숫자니 절대로 잊지 않을 것 같아서라고 답했다.

"그렇게 하세요. 혹시 생각이 안 나면 두 팔을 머리 위로 올리고 '대한독립 만세'를 크게 외쳐 보세요. 그러면 금방 떠오르겠네요."

"걱정 마라. 더는 너 귀찮게 안 할 테니."

나는 통장 첫 페이지에 비밀번호를 작은 글씨로 적어 두었다.

"여기 적어 두었으니까, 돈 찾고 싶을 때 이 번호 보고 누르세요."

"내가 애냐? 번호는 네 시아버지가 틀렸지, 내가 틀렸어? 못된 것."

샐쭉 눈을 흘기는 시어머니를 보며, 차라리 아이였다면 귀엽기라도 했을 텐데 싶어 허탈하게 웃을 수 밖에 없었다. 은행 문을 나서는데 직원이 다가와 내 귓가에 조심스레 속삭였다.

"혹시 두 분 다 기억이 안 좋으시면 몇 번은 더 오셔야 할 수도 있어요."

거리에는 사람이 많았다. 활짝 웃는 얼굴과 잔뜩 찌푸린 얼굴들이 뒤섞여 흘러가고 있었다. 저 사람들 중에도 기억을 잃어가는 사람이 있을까. 너무 많은 것을 기억해 불행하다던 친구 정희가 떠올랐다. 기억을 지우는 데 시간이 필요하다는 친구와, 기억이 삭제되어 가는 시어머니. 어느 쪽의 슬픔이 더 고통스러운 것일까.

나는 운전대를 잡은 채 뒤를 돌아봤다. 잠든 시아버지의 머리를 간병인이 손으로 받쳐주고 있었다. 조수석에 앉은 시어머니는 입을 꾹 다문 채 앞만 바라봤다. 무엇을 보고 계신 걸까. 궁금했지만 묻지 않았다.

빨간불이 들어온 신호등 앞에서 차를 멈췄다. 번호판이 8로 시작하는 택시가 앞에 서 있었다. 신호등이 파란불로 바뀌자 택시는 움직였고, 나도 천천히 그 뒤를 따랐다. 택시는 시댁이 보이는 사거리에서 우회전하더니 이내 시야에서 사라졌다.

그때 옆자리에 앉은 시어머니의 중얼거림이 들렸다.

"8016, 7015, 8017…"

시어머니가 갑자기 두 팔을 번쩍 들어 올리며 만세를 불렀다. 그리고 물었다.

"대한독립 만세! 그다음에 뭐라고?"

*

시아버지는 조금씩 건강을 회복하고 있다. 미약하지만 기억도 돌아오고, 어눌하던 말도 서서히 풀려간다. 쓰러지기 전으로 돌아가긴 어렵겠지만, 간단한 대화를 나누거나 휠체어를 타고 집 안을 이동하는 일은 크게 힘들지 않다.

산에 다니던 기억을 찾아주고 싶다며 남편은 시아버지를 휠체어에 태우고 집을 나섰다. 시어머니도 간병인의 부축을 받으며 그 뒤를 따랐다. 두 분이 자주 걷던 길이다. 창문을 열고 그 모습을 바라보다가 마음이 쓸쓸해졌다. 이제 두 분은 낡은 자전거처럼 누군가 잡아준 손을 놓는 순간 곧바로 쓰러질 것처럼 위태롭다.

남편이 시어머니 귀에 대고 무언가를 속삭인다. 그들 위로 쏟아지는 오후의 햇살이 잔인할 만큼 눈부시다. 남편이 밀고 있는 시아버지의 휠체어가 도랑길을 돌아 언덕으로 오르는 것을 보다가, 나는 청소를 시작했다.

먼지를 털어내고 바닥을 닦으며 집 안에 밴 퀴퀴한 노인 냄새를 밀어냈다. 침대 옆 탁자 위에는 통장 두 개가 나란히 놓여 있었다. 연금 통장과 아파트 담보대출 통장. 나는 담보대출 통장을 집어 첫 장을 넘겼다. 날짜 하나 어긋남 없이 찍힌 출금 기록들. 시아버지가 매달 같은 날 같은 금액을 찾아 시어머니에게 건네주던 흔적이었다. 돈을 찾던 순간, 시아버지가 지었을 만족스러운 웃음이 떠올랐다.

돈을 찾아 쓸수록 가치가 줄어드는 집. 방과 부엌, 욕실이 조금씩 잘려 나가듯 사라지는 대출 제도. 두 분이 가실 무렵이면 이 집은 은행 소유가 될 거라고 남편은 말했다.

"다 쓰고 가시면 좋지."

방 한쪽에는 시아버지가 쓰던 금고가 놓여 있다. 그러나 숫자를 잃어버린 시어머니는 비밀번호를 기억하지 못해 오래전부터 금고를 쓰지 못했다. 가지고 있지만 쓸 수 없는 것들. 어느 순간부터 시어머니 방 안의 물건들은 영혼을 잃은 밀랍 인형처럼 색이 바래가고 있었다.

나는 통장을 다시 서랍에 넣고, 침대 위에 깔린 이불과 매트를 걷어냈다. 눅눅한 냄새가 올라왔다. 먼지가 소복했다. 마지막 매트를 드는 순간, 나는 짧게 비명을 질렀다. 오만 원권 지폐와 먹다 만 과자, 빵 부스러기들이 매트 밑에 어지럽게 흩어져 있었다. 모든 것을 들어내고, 돈은 그대로 정리해 제자리에 두었다. 매트를 다시 깔고 나서야 숨을 골랐다.

그때 시어머니가 남편과 함께 집 안으로 들어섰다. 방문을 닫고 거실로 나와 그들을 맞이했다. 잠시 후, 방 안에서 시어머니의 고함이 터져 나왔다.

"여기 있던 내 통장이 없어졌다. 네가 훔쳐 갔지? 당장 내놔."

시어머니는 부엌으로 나와 간병인의 팔을 거칠게 휘둘렀다. 어디서 그런 힘이 나오는지, 간병인의 몸이 크게 흔들렸다. 나는 서둘러 서랍에서 통장을 꺼내 시어머니 손에 쥐여줬다.

"나쁜 년. 네가 훔쳐 갔구나."

시어머니는 채 가듯 통장을 빼앗아 가지고 방으로 들어갔다. 도둑년이라는 말이, 볼륨을 낮춘 라디오 잡음처럼 방 안에서 웅얼웅얼 새어 나왔다.

*

남편이 시어머니 통장을 내게 내밀었다. 가지고 있으면서 찾아서 간병인수고비에도 보태고 어머니 용돈도 드리라고 했다. 나는 빈 곳간 열쇠를 건네받는 느낌이 들었다. 그러고 싶지 않았다. 통장을 시어머니께 다시 드렸다. 공연히 노인 마음을 불편하게 할 필요가 무언가. 그리고 시아버지 도장과 주민등록증을 가지고 은행에 가서 카드를 만들었다. 돈 인출은 카드로 할 수 있다고 했다. 어제는 시아버지가 평소 주던 만큼의 돈을 찾아다 시어머니에게 드렸다. 그런데 돈을 가지고 방으로 들어간 시어머니가 딸각 문을 잠갔다. 옷장문 여는 소리가 들렸다. 서랍 여는 소리도 들렸다. 잠시 후, 문을 열고 나온 시어머니가 돈 액수가 틀린다고 짜증을 부렸다. 시어머니가 날 의심하기 시작했다.

"너희 시아버지는 많이 줬는데 너는 왜 이렇게 조금 줘. 더 내놔."

대출 금액이 정해져 있는데 시아버지한테는 더 많은 돈을 받았었다고 우겼다. 냉장고에 넣어 둔 망고를 간병인이 먹었다고 화를 내기도 했다. 망고는 냉장고가 아닌 김치냉장고 과일 칸에 있었다. 다행히 새로운 간병인은 그 정도 타박은 눈 하나 깜짝 않고 받아넘겨 줬다.

"네, 제가 다 먹었습니다. 죄송합니다."

나는 정말 어머니 속마음이 궁금해서 물었다.

"어머니 돈 드리면 다 뭐 하세요? 그리고 돈 어디에다 두세요?"

"왜? 나 없을 때 훔쳐 가려고?"

좀벌레가 어머니 뇌를 갉아먹는 소리가 들리는 것 같았다. 사그락사그락, 그 소리는 시계의 초침 소리처럼 커졌다가 작아졌다 멈추지를 않는다.

삼십 년을 학생들에게 숫자를 가르치신 시어머님, 덧셈, 뺄셈, 곱셈, 나눗셈, 분수와 소수… 그 숫자들이 달아나고 있었다. 통장을 손에 들면 비밀번호가, 아파트 앞에 서면 집 호수가, 등 기대고 산 남편의 나이까지 사라져 갔다. 휴대전화에 들어 있는 모든 번호와 열두 장의 달력을 가득 채운 숫자들, 집으로 돌아오는 버스 노선도 사라졌다. 시어머니는 이제 버스를 타고 우리가 사는 집을 찾아오지 못한다. 머리에 검은 보를 뒤집어쓴 것처럼, 어둡고 캄캄한 기억이 두렵다고 했다. 그럴 때마다 가만가만 자신 얼굴을 더듬기도 한다고. 그건 아름다운 노년을 꿈꿔온 자신의 미래가 아니라고 울먹였다.

이제 시어머니 기억 속에 숫자는 말간 물 위에 동동 뜨는 몇 개의 물방울 같기도, 끝도 없는 하늘에서 나풀나풀 내려오다 녹아버리는 눈송이 같기도 하다. 잡으려면 사라지는 것들 사이에서 아프고 외롭다고. 그래서 세상은 공허하고 누구라도 문을 열고 들어와 한 꾸러미 숫자를 선물로 안겨 줄 수 없는 세상이 답답하다고 한다. 그 안에 갇힌 시어머니는 내가 부르면 짙은 검음이 탈색된 눈동자를 굴려 멀거니 쳐다볼 뿐이다. 그런데도 시어머니는 자신이 이 세상에 온 날, '0517'만큼은 필사적으로 움켜쥐고 있었다.

시어머니가 시아버지에게로 다가갔다.

"통장 비밀번호 0517 맞죠? 자기가 내 생일로 한다고 했잖아요."

시어머니 기억에서 8015라는 숫자는 사라진 지 오래다. 오직 사라지지 않는 숫자 0517만 있을 뿐이다. 시아버지가 슬픈 눈으로 시어머니를 바라봤다. 그리고 시어머니의 마른 손을 잡아끌더니 손바닥에 천천히 무언가를 적었다. 시어머니는 시아버지가 그리는 궤적을 따라 숫자를 읽었다.

"0… 6… 1… 0…. 이건 누구 생일이야?"

시어머니가 멍한 시선으로 시아버지를 쳐다봤다. 시아버지는 시어머니 지갑에서 주민등록증을 꺼내 손에 들려주었다. '0610'. 시어머니가 거기 적힌 숫자를 느릿하게 읊조렸다.

"…이게 저넌 생일이야?"

시어머니의 손가락 끝이 무심하게 간병인을 향했다.

"당신 양력 생일이잖아."

시아버지의 눈가가 촉촉하게 젖어 들었다. 평생 수학교사로 살며 '정답'만을 숭배해온 아내가, 자신의 존재를 증명하는 가장 기초적인 숫자마저 오답으로 처리해버리는 광경을 그는 무력하게 지켜볼 뿐이었다.

*

휴대전화 벨 소리에 잠이 깼다. 새벽 4시. 시계를 보지 않아도 알 수 있었다. 이 시간에 전화를 걸 사람은 세상에 단 한 명뿐이다. 화장실에 다녀오던 남편이 전화를 받았다.

“왜, 엄마? 또 무슨 일인데?”

짧은 통화를 마친 남편이 슬그머니 휴대전화를 내려놓았다.

“뭐라셔요?”

“비밀번호를 잘못 눌렀대. 세 번이나.”

남편은 왜 통장을 엄마에게 줬냐고 짜증을 부렸다. 은행 가는 일 정도야 뭐. 내 말에 남편이 등을 보이며 돌아누워 버린다. 은행 직원이 말했었다.

“앞으로도 몇 번은 더 오셔야 할 겁니다.”

어쩌면 ‘몇 번’이 아닐지도 모른다. 시어머니의 머릿속에서 숫자들이 완전히 증발해버릴 때까지, 우리는 끝없이 반복되는 오답의 미로를 헤매야 할 터였다. 창밖 어둠 속에서 다시 숫자를 물고 달아나는 검은 개의 발소리가 들리는 듯했다. 어머니의 병명은 아무도 발설하지 않는 금기이자, 우리 가족이 공유하는 가장 지독한 오답이다.

— 쉿, 비밀이야. 지금까지의 이야기도.

워리 비 해피
(Worry, Be Happy)

유난히 악재가 몰아치는 해가 있다. 지난해가 내게는 그랬다. 남편의 지방 근무가 끝나고 5년 만에 서울로 복귀한 것은 예정된 수순이었으나, 친정엄마가 허리 수술을 받기 위해 J병원에 입원한 것은 예기치 못한 사고였다. 돌이켜보면 모든 불운의 불씨는 그때부터 지펴졌던 것 같다. 내가 엄마의 간병을 위해 집을 비운 사이 도둑이 들었고, 학교에서 돌아온 초등학생 아들이 그들에게 감금당하는 사건이 벌어졌다. 아이는 정신과 치료를 받아야 할 만큼 무너졌고 학교조차 쉬어야 했다. 서울로 올라온 지 꼭 다섯 달 만에 벌어진 일이었다. 그 일은 우리 가족을 단숨에 무너뜨렸다.

서울로 올라오면서 아파트가 아닌 주택으로 이사한 건 전적으로 '워리' 때문이었다. 덩치가 큰 개 워리를 데리고 아파트 세를 구하는 일이 쉽지 않았다. 마침, 남편 회사 직원이 주재원으로 외국에 나가게 되면서, 그가 살던 주택을 세놓겠다고 했다. 집은 비좁았지만, 마당이 있고, 잔디까지 깔려 있어 워리가 지내기에는 더할 나위 없이 좋은 환경이었다.

그 집으로 이사 온 지 석 달쯤 되었을 때, 친정엄마가 허리 수술로 입원했다. 입맛이 까다로운 엄마는 병원 밥을 도저히 못 먹겠다고 짜증을 부렸고 결국 매일 집에서 밥을 해 병원으로 날라야 했다. 그 일은 전적으로 내 몫이었다. 나이 생각은 하지 않고 같은 병실에 있는 젊은 환자들만큼 회복이 빠르지 않다고 화를 내는 엄마를 달래는 일이나 밥을 해 나르는 일은 한마디로 매일이 전쟁이었다.

"네가 돌팔이 의사한테 수술시키는 바람에 이렇게 빨리 안 낫는 거잖아."

그날도 병실에서 엄마의 짜증을 받아내고 있는데 아들에게서 전화가 왔다. 초등학교 5학년인 아들은 피아노 학원에 있을 시간이었다.

"엄마, 집에…"

수화기 너머 아들의 목소리는 공포에 질려 덜덜 떨리고 있었다. 누군가 곁에서 입을 틀어막기라도 하는 듯 말이 자꾸 끊겼다. 낯선 남자의 낮은 음성이 스치듯 들린 것도 같았다.

"솔아? 솔아! 무슨 일이야!"

툭, 전화가 끊겼다. 다시 걸어도 신호만 갈 뿐 응답이 없었다. 나는 병실을 뛰쳐나와 지하 주차장까지 미친 듯이 달렸다. 차 문을 열었지만 손이 벌벌 떨려 시동을 세 번이나 꺼트렸다. 금요일 오후의 서울 도로는 거대한 주차장이었다. 클랙슨을 울려대며 발을 동동 굴렀지만 차들은 비켜줄 생각이 없었다. 평소라면 10분이면 닿을 거리를 30분이 지나서야 간신히 도착했다.

대문을 밀고 들어서는 순간, 심장이 멎는 것 같았다. 차 소리만 들려도 담장이 떠나가라 짖어대던 워리가 마당 한복판에 배를 깔고 힘없이 널브러져 있었다. 풀린 눈으로 거친 숨을 내뱉는 워리의 주변에는 약을 무친 듯한 소시지 조각들이 흉물스럽게 흩어져 있었다.

현관문을 열자 집 안은 폭격을 맞은 듯했다. 장롱은 죄다 파헤쳐졌고, 거실 바닥엔 온갖 가재도구가 쓰레기처럼 쏟아져 나와 있었다. 그 아수라장 한복판에 솔이의 휴대전화가 덩그러니 떨어져 있었다.

"솔아! 한솔!"

미친 사람처럼 아들을 불렀다. 그때, 아들의 방 옷장 안에서 희미한 기침 소리가 새어 나왔다. 문을 거칠게 열어젖히자 솔이가 무릎 사이에 얼굴을 묻고 몸을 옹송그린 채 떨고 있었다. 물을 뒤집어쓴 것처럼 젖은 머리, 창백한 얼굴. 오줌을 쌌는지 바지와 양말까지 축축하게 젖었다.

"괜찮아, 솔아. 엄마 왔어. 이제 괜찮아."

소식을 듣고 달려온 남편은 거실 벽을 발로 차며 울분을 터뜨렸다.

"워리 저 놈은 짖지도 않고 뭐 한 거야! 덩칫값도 못 하고 도둑놈

길이나 터주고!"

남편의 비난은 워리를 향해 있었지만, 내 귀에는 한 달째 병원에 누워 나를 붙들고 있는 장모를 향한 원망으로 들렸다. 남편은 당장 워리를 시골 관사로 보내고 아파트로 옮기자고 소리쳤다.

"보내긴 어딜 보내요. 워리가 우리 식구지, 물건이에요?"

"식구는 무슨. 언제부터 개새끼가 우리 식구였어. 이만큼 키워봤으면 됐잖아."

"워리, 당신이 데려온 거 잊었어요?"

솔이도 워리를 다른 곳으로 보낼 수는 없다고 했다. 아빠가 워리를 보내면 자기도 따라가겠다고 울먹였다. 아이의 몸을 씻기며 입술을 깨물었다. 비릿한 액체가 목을 타고 넘었다. 젖은 손으로 몇 번이나 눈가를 훔치는데 엄마가 야속했다. 다른 사람들은 병원 밥도 잘 먹고, 간병인 없이도 잘 지내는데 왜 엄마만 이렇게까지 유난을 떠냐고, 왜 나를 이렇게 힘들게 하냐고 소리치고 싶었다. 남편 역시 아이를 제쳐두고 장모에게만 매달리는 내가 못마땅했을 거다.

참 유별나셔.

그 한마디가 모든 걸 말해줬다.

도둑은 내가 매일 오전 열한 시에 집을 나갔다가 오후 네 시가 넘어야 돌아온다는 걸 미리 알고 있었을 거다. 그러나 아들이 학교를 마치고 들르던 피아노 학원이 휴강이라는 사실까지는 알지 못했기에 평소보다 한 시간 일찍 집 안으로 들어서는 아들을 보고 놀라 옷장 안에 가두고 협박한 듯했다.

"소리치면 죽여버릴 거야!"

열세 살 솔은 엄마 얼굴도 못 보고 죽는 줄 알았다고 울먹였다. 그 모든 일이 입맛이 없다며 짜증을 부리는 엄마를 달래며, 제발 밥 좀 먹자고 사정하던 그 훤한 대낮에 일어났다. 그 사실이 견딜 수 없이 화가 났다. 내 아이가 옷장 속에서 숨도 제대로 쉬지 못한 채 벌벌 떨고 있는 동안, 엄마는 내가 가져간 반찬을 밀쳐내며 짜증을 부렸다.

"이것도 맛이 없네. 안 먹어."

"네가 해온 것 다 맛이 없어."

*

우리는 쫓기듯 아파트로 이사를 왔다. 도둑은 한 번 턴 집을 반드시 다시 찾는다는 남편의 강박에 등 떠밀려 내린 결정이었다. 낯선 아파트에서 짐들은 좀처럼 자리를 잡지 못하고 겉돌았다. 그날도 부엌 상부장에서 그릇을 꺼내다 넣기를 반복하며 의미 없는 손질을 하고 있었다. 그러다 찰나에 손목의 힘이 풀렸다.

쨍그랑—!

비명 같은 파열음과 함께 접시가 산산조각이 났다. 아끼던 물건이었다. 간밤의 꿈자리가 흉흉하더니 기어이 사단이 나는구나 싶어 가슴이 철렁 내려앉았다. 바로 그때, 휴대전화가 날카로운 진동음을 내며 식탁 위를 굴렀다. 나는 겁먹은 아이처럼 바닥에 주저앉았다. 앞치마에 젖은 손을 대충 문지르고 떨리는 손으로 전화를 받았다.

"사모님?"

수화기 너머로 들려오는 남자의 목소리가 진흙처럼 무거웠다. 워리를 잠시 위탁했던 농장주였다.

"사모님, 워리가 목줄을 끊고 달아났습니다."

머릿속이 하얗게 점멸했다.

"잘 보살펴 주겠다고 했잖아요!"

그다음 말은 숨이 가빠 더 이상 나오지 않았다. 남자는 변명을 늘어놓았지만, 내 귀에는 그 모든 소리가 워리의 부고(訃告)처럼 들렸다. 며칠 전 뉴스에서 본 사체 118구의 잔상이 망막을 어지럽혔다. 부검 결과 모두 살아 있는 상태로 땅에 묻힌 것으로 확인됐다. 사람들은 분노에 차 그들을 성토했고, 사건을 취재한 기자는 돈을 받고 위탁을 맡은 농장주가 저지른 일일 가능성이 크다고 했다.

"진돗개는 성견으로 데려오면 이런 일이 종종 생깁니다. 스스로 집을 찾아가는 거죠. 그래서 처음부터 받고 싶지 않았는데…"

"무슨 소리예요. 빨리 찾지 않고."

내가 악을 쓰듯 소리치자, 그는 직원들까지 동원해 근처 산과 마을을 다 뒤졌지만 찾지 못했다며, 배가 고프면 제 발로 돌아오지 않겠냐고 되레 짜증을 냈다. 워리를 찾아야겠다는 절박함은 그의 말

어디에도 없었다. 나는 당장 가겠다고 말하고 전화를 끊었다.

문득 아침에 통화했던 반장 엄마의 말이 떠올랐다. 아이들 수련회 문제로 잠깐 나눈 통화였는데, 전화를 끊고도 마음이 개운치 않았었다.

"성재네 농장에 위탁을 맡겼다고요?"

"네. 풍산개도 세 마리나 맡아 키우고 있대요. 성재 아버지가 개를 무척 좋아한다고 총무, 민식이 엄마가 소개해 줬어요. 집이 정리될 때까지만 돌봐주기로."

반장 엄마는 혀를 한 번 크게 찼다. 그리고 뜬금없는 말을 했다.

"개를 보면 머리부터 쓰다듬어 주는 사람이 있고, 갈비뼈부터 만지는 사람도 있다더라고요. 자식 같은 애를 맡길 땐, 잘 알아봐야지. 어떻게 그렇게…"

무슨 뜻이냐고 묻기도 전에 전화는 끊겼다. 날은 덥고, 부엌에는 아직 정리하지 못한 그릇들이 남아 있어 다시 전화를 걸지 않았다. 지금 와서 생각해 보면, 그 말의 뜻을 그때 꼭 물었어야 했다. 반장 엄마는 분명 성재 아버지에 대해, 내가 모르는 무언가를 알고 있는 눈치였다.

정신없이 차에 올랐지만 어디로 가야 할지 갈피가 잡히지 않았다. 내비게이션에 장흥에 있는 〈아름다운 동물농장〉을 입력했다. 사방에서 컹컹, 워리가 짖는 헛청이 들리는 듯했다. 운전대를 잡은 손이 떨렸다. 운전하면서도 혹시 하는 마음에 계속 주위를 살폈다. 길가에 개가 보이면 얼른 차를 멈췄다. 귀소 본능이 강한 워리가 집으로 돌아오고 있는 건 아닌지. 영리한 워리가 목줄을 끊고 달아났다면, 분명 그럴 만한 이유가 있었을 것이다.

입이 말랐다. 차에 치여 죽은 동물 사체가 눈에 띄어 마음이 더 무거웠다. 농장이 가까워질수록 통화 때보다 더 독한 말을 듣게 되면 어쩌지, 가슴이 뛰었다.

농장 입구에 아무렇게나 차를 세우고 주인을 찾았다. 평일이라 그런지 농장은 유난히 조용했고, 주인은 보이지 않았다. 오겠다고 했는데도, 어디를 갔는지 농장을 한 바퀴 돌아봐도 인기척이 없었다. 다들 워리를 찾으러 나간 걸 거야. 그렇게 믿고 싶었다.

워리를 매어 두었던 데크 위에는 여러 종의 고양이들이 늘어져 쉬고 있었다. 워리를 데려왔던 날 보았던 풍산개 세 마리가 나를 향해 다가와 누런 이빨을 드러내며 짖었다. 워리만 보이지 않았다. 워리의 흔적은 어디에도 없었다.

그때, 저만치 산그늘이 진 계곡 쪽에서 컹컹, 컹컹, 개 짖는 소리가 들려왔다. 나는 걸음을 멈추고 소리에 집중했다. 워리의 목소리에는 나만 아는 특징이 있었다. 어려서 감기를 자주 앓은 탓인지, 소리 끝에 마치 천식 환자가 숨 가쁘게 내쉬는 듯한 떨림이 섞여 나곤 했다. 워리는 차 엔진 소리만 듣고도 내 차라는 걸 알아채는 영리한 아이였다.

그 소리는 워리였다. 분명 워리가 내 차 소리를 듣고 나를 부르는 것 같았다. 나는 소리가 나는 쪽으로 달렸다.

워리, 엄마가 왔어. 이제 그만 집으로 가자.

계곡이 가까워질수록 울음소리는 더 커졌다. 워리만이 아니라 여러 마리의 개들이 동시에 짖는 것처럼 시끄러웠다. 컹컹, 크롱. 크앙… 개 울음이 아닌, 늑대가 울부짖는 듯한 소리도 섞여 들렸다. 뭐지. 머리칼이 곤두섰다. 나는 칡넝쿨이 우거진 구릉을 허겁지겁 뛰어넘었다.

"워리?"

순간 두 다리가 수렁에 빠진 것처럼 풀려 털썩 주저앉고 말았다. 계곡을 따라 길게 늘어선 녹슨 뜬장들. 그 안에 갇힌 개들의 그림자가 환영처럼 일렁였다. 컹컹… 크롱… 컹컹… 크롱… 검은 그림자들이 낯선 나를 보고 앞발로 철망을 긁었다.

뜬장에 갇힌 개들의 몰골은 처참했다. 좁고 더러운 막사, 부패한 음식, 들끓는 파리떼. 개들의 눈은 붉게 충혈되어 번들거렸다. 그 순간, 나는 워리가 왜 달아났는지 알 수 있었다. 영리한 워리는 모든 걸 알아채고, 죽을힘을 다해 달아났을 것이다.

*

남편이 지방 근무 발령을 받고 K시로 내려갔을 때, 갑작스레 전학을 가게 된 아들은 몹시 우울해했다. 친구도 없고, 낯선 도시와 낯선 학교생활에 적응하지 못한 채 점점 말을 잃어갔다. 그런 아들을 위해 남편은 강아지 한 마리를 데려왔다. 겨우 젖을 뗀 강아지는 엄마를 찾느라 계속 울었고, 사람 손의 온기를 더듬듯 코를 비볐다. 아들은 다른 건 모두 접어두고 강아지에게 매달렸다.

바비 맥퍼린의 〈Don't Worry, Be Happy〉를 좋아하던 남편은 그 아이에게 딱 맞는 이름이라며 워리라는 이름을 붙여줬다.

— 워리, 걱정하지 말고 행복해. 다 그렇게 사는 거야. 돈 워리 비 해피. 워우, 워우 워…

노래를 흥얼대는 남편을 보며 나는 속으로 촌스럽다고 입술을 삐죽였다. 하지만 사실 내가 자란 시골에서는 개에게 해피나 워리, 메리, 독구 같은 이름을 붙이는 일이 드물지 않았다. 아들도 워리라는 이름이 좋다고 했다.

우리가 바라던 대로 워리는 조금씩 기운을 찾았다. 밥그릇을 핥고, 마당을 비틀거리며 걷고, 밤이면 아들의 발치에서 잠들었다.

사람과 개는 나이를 세는 시간의 단위가 다르다. 개는 사람 나이로 두 살이면 성견이 된다. 워리는 빠른 속도로 자라났다. 아들은 늦게 귀가하는 아빠보다, 집안일에 쫓기는 엄마보다 워리와 보내는 시간이 더 많았다. 학교에서 돌아오면 가장 먼저 워리를 찾았고, 숙제를 하다 말고도 워리를 불렀다. 늘 아들의 곁에는 워리가 있었다. 그러니까 워리는 아들에게 처음 인연을 맺은 반려견이었다.

나에게도 추억의 강아지 워리가 있었다. 남편이 강아지를 데려와 워리라고 부르자고 했을 때, 나는 오래전에 잃어버린 친구가 돌아온 것 같은 기분이 들었다.

내가 초등학교 1학년이었을 때, 우리 집에도 개가 있었다. 우리 집만이 아니라 앞집, 뒷집, 골목 끝 집까지 모두 개를 키우던 시절이었다. 오일장에서 사 온 개들은 눈도 코도 체격도 서로 닮았고, 키우는 목적도 운명도 비슷했다. 주인들은 성별조차 구분하지 않은 채 검둥이, 누렁이, 흰둥이 같은 이름으로 불렀다. 누구도 그 개들을 반려견이라고 생각하지 않았다.

나는 그런 이름들이 싫었다. 그래서 우리 집 개를 '워리'라고 불렀다. 워리는 동네에서 제일 멋진 집에 사는 면장님네 개 이름이었다. 수컷이었고, 비싼 돈을 주고 사 왔다는 그 개는 키가 크고 붉은 털의 진돗개 황구였다. 모습은 전혀 달랐지만, 우리 집 개를 워리라고 부르면 면장네 개처럼 멋진 개가 될 것만 같았다. 실제로 이름을 그렇게 부르자, 내 눈에는 우리 개도 조금씩 달라 보였다.

"야, 이름을 워리라고 부른다고 똥개가 진돗개 되냐?"

옆집 수병이를 비롯해 아이들이 놀려댔지만 상관없었다. 내 눈에만 멋져 보이면 됐다.

가을부터 정성껏 키운 개들은 다음 해 복날이 다가오면 하나둘, 소리 없이 사라졌다. 남은 개들은 밤이면 달을 보고 짖었고, 한 마리가 짖기 시작하면 온 동네 개들이 따라 짖었다. 그런 밤이면 엄마는 꼭 한마디를 했다.

"저것들이 귀신을 봤나 벼. 아무래도 동네에 초상이 날 것 같은디."

며칠 뒤, 천식을 앓던 순구네 할아버지가 죽었다. 그리고 다음 날, 학교에서 돌아온 나를 맞아야 할 우리 워리가 보이지 않았다. 엄마는 워리를 찾으려 하지 않았다. 대신 사라진 워리를 마구 욕했다.

"그 노무 개가 목줄을 끊고 도망가 버렸당께. 키워준 은혜도 모르는 똥개 놈."

나는 골목을 돌아다니며 목이 쉬도록 워리를 불렀다.

워리… 워리… 어디 있니?

엄마는 워리가 천국에 갔다며 더는 기다리지 말라고 했다. 착한 일을 많이 해서 하나님이 데려간 것 같다고 했다.

"엄마, 워리가 무슨 착한 일을 했는데요?"

"네 동생이 아무 데나 싸 놓은 똥을 다 먹어 치웠잖아."

신문을 읽던 아버지는 개는 영혼이 없어서 천국에 갈 수 없다고 했다. 천국은 영혼이 있는 사람만 가는 곳이라고. 그래서 사람이 죽으면 돌아가셨다고 하고, 개는 그냥 죽었다고 한다고 했다. 엄마는 알지도 못하면서 그런 소릴 한다며 아버지를 나무랐다.

"지은 복이 그게 다여서 동물로 태어난 거지. 개라고 왜 천국을 못 갈겨."

지은 복이 뭘까. 나는 슬펐다. 그래서 엄마에게 물었다. 워리를 찾지 못하면, 나는 어디에서 다시 워리를 볼 수 있냐고.

워리가 사라진 뒤부터 아버지는 아침마다 말간 유리컵에 담긴 검은 약을 마셨다. 엄마는 아버지의 늑막이 안 좋아서 원기를 보충해야 한다고 했다. 나는 늑막이 어디 붙은 장기인지도, 검은 약이 왜 거기에 좋은지도 몰랐다. 그저 날마다 워리가 그리웠고, 그래서 울었고, 세월이 흘러도 그 이름을 잊을 수 없었다.

*

아들의 충격은 쉽게 가시지 않았다. 자꾸 살려달라고 헛소리를 했고, 습관처럼 옷장 안으로 들어가 숨기도 했다. 집 밖으로 나가는 것조차 두려워해 잠시 학교도 쉬었다. 의사는 당분간 절대적인 안정이 필요하다고 했다. 그런 아들에게서 워리까지 떼어놓을 수는 없었다.

하지만 현실은 냉혹했다. 서른세 평 아파트 주인들은 대형견의 배변 냄새가 집에 배거나 마루에 흠집이 날까 봐 전세를 꺼렸다. 반려견이 절대 짖어서는 안 된다는 아파트 내의 엄격한 규칙은 물론, 이웃의 눈을 피해 사람들이 잠든 심야에만 엘리베이터를 타야 한다는 관리소의 압박까지 더해졌다. 아픈 아들을 보며 워리를 데려온 것을 잠시 후회하기도 했다. 하지만 워리는 이미 솔이에게 동생이자 분신이었다.

그날 오후, 같은 반 총무 엄마가 솔이의 병문안을 왔다. 이사 문제로 골머리를 앓는 내게 그녀는 뜻밖의 제안을 건넸다.

"답답하기도 해라. 잠깐 환경 좋은 농장에 위탁을 맡겨요. 일단 입주하고 나면 주인이 매일 와서 볼 것도 아닌데 뭐가 걱정이에요?"

위탁요?"

"그래요. 우리 반 성재네가 장흥에 큰 농장을 하거든요. 성재 부모님이 개를 워낙 좋아해서 풍산개며 대형견들을 전문적으로 맡아 줘요. 아는 사람이 부탁하면 값도 저렴하게 해줄 거예요."

듣고 보니 그럴듯했다. 총무 엄마는 그곳이 산과 시내가 어우러진 지상낙원이라며 침이 마르게 칭찬했다. 집에서 가까우니 주말마다 보러 가면 되지 않겠느냐는 말에, 나는 비로소 맺혔던 숨을 길게 내뱉었다.

아들에게는 이사하는 동안 잠시 '반려견 교육센터'에 맡기는 거라고 안심시켰다. 친구 성재 아버지가 운영하는 전문 시설이라는 말에 솔이도 고개를 끄덕였다. 이튿날, 농장 주인인 성재 아버지로부터 확답을 받았다. 그는 꼭 한번 진돗개를 키워보고 싶었다며, 예민한 녀석을 위해 각별히 신경 쓰겠노라 장담했다. 그의 목소리에서 개를 향한 깊은 애정이 묻어나는 듯했다.

이사를 며칠 앞두고 워리와 함께 집을 나섰다. 녀석은 모든 것을 예감한 듯 자꾸만 집을 돌아보며 낑낑거렸다. 늠름하게 말려 올라갔던 꼬리는 힘없이 처졌고, 눈가와 코밑은 축축하게 젖었다. 미안했지만 워리에게 선택권은 없었다. 그것이 동물의 운명이라고 나는 스스로를 다독였다. 차 뒷좌석에서 아들의 손을 쉼 없이 핥는 워리보다 아들이 더 슬퍼 보였다. 농장은 총무 엄마의 말대로 수려한 경관 속에 자리 잡고 있었다. 등나무 덩굴에 가려진 〈아름다운 동물농장〉이라는 간판을 발견했을 때, 우리는 비로소 안도의 한숨을 내쉬었다.

차 소리를 듣고 주인 성제부모님이 달려 나왔다. 점심 준비를 하다 나왔다는 여자의 손은 물기가 채 마르지 않은 채였다. 여름볕 아래였으나 그녀의 손끝에서 전해진 기운은 이상하리만치 서늘했다. 그곳에 도착해서야 알았다. 농장은 허울일 뿐, 본업은 피서객들에게 보양식을 파는 음식점이라는 사실을.

“우리는 모든 식재료를 자급자족합니다.”

텃밭에는 채소와 고추, 토마토와 가지가 탐스럽게 열려 있었다. 밭둑을 거니는 닭들, 물 위를 미끄러지듯 헤엄치는 오리들, 깔끔하게 정리된 앞마당에는 족구장 네트가 쳐져 있고 마당 끝에는 간이 무대와 노래방 기계도 설치돼 있었다. 빨간 기와지붕 아래에서는 종이 다른 고양이들이 서로 몸을 비비며 털을 고르고 있었고, 벚나무 그늘에는 셰퍼드와 알래스카 말라뮤트, 래브라도 리트리버가 느긋하게 누워있었다. 단모에 백구인 워리보다 덩치가 큰 풍산개 세 마리는 모두 황구였다.

〈아름다운 동물농장〉이라는 이름에 걸맞게 그곳은 평화롭고 아름다워 보였다. 아들도 그제야 긴장을 풀며 워리를 향해 웃어주었다. 하지만 워리보다 덩치 큰 풍산개 세 마리가 다가와 이빨을 드러냈을 때, 묘한 긴장감이 감돌았다.

"우리 워리를 풍산개들과 같이 둬도 괜찮을까요?"

남편의 물음에 성재는 한번 싸움을 붙여볼까 하며 농담조로 웃었다. 성재아버지는 "친구가 되어야지"라며 만류했다.

그는 풍산개들에게 '아름, 다운, 장홍'이라는 이름을 붙여주었다며 자랑스럽게 개들을 바라보았다. 그사이 단체 손님을 태운 차들이 줄지어 농장 안으로 들어왔다. 주말이면 영양 보충을 하러 오는 손님들로 문전성시를 이룬다고 했다. 우리는 서둘러 작별을 준비했다. 워리는 아들에게서 떨어지지 않으려 처절하게 몸부림쳤다.

— 많이 먹어라. 그래야 살이 토실토실 오르지.

어릴 적 엄마는 개 밥그릇을 채울 때마다 꼭 그 말을 했다. 내 밥그릇을 밀어줄 때도 마찬가지였다. 밥은 푹푹 퍼먹어야 복이 들어온다며 복은 늘 밥그릇 제일 밑에 숨어있다고 했다. 내가 밥을 헤치고 맨 아래부터 먹으면 되지 않느냐고 물었다가, 뒤통수를 몇 번 얻어맞았다. 모든 사랑이 밥에서 시작해 밥으로 끝나던 시대였다.

"성재야, 우리 워리 부탁해. 네가 잘 돌봐줘. 금방 또 올게."

"걱정하지 마."

돌아서던 성재가 따라오던 삽살개를 발로 툭 찼다. 솔의 시선이 그쪽으로 향했다. 나는 얼른 아들 눈치를 살폈다.

"워리가 적응하는 데는 시간이 좀 걸릴 겁니다."

성재 아버지가 말했다.

"특히 진돗개는 어려서부터 키워준 주인을 오래 잊지 못하거든요."

그러면서도 그는 다른 사람들도 다 이렇게 힘들어하지만, 맡기고 돌아가면 금방 잊더라며 웃었다. 타성처럼 굳어진 웃음이었다. 기분이 좋지 않았다.

"저희는 가능한 한 빨리 데려가겠습니다."

그는 벚나무 그늘 아래서 쉬고 있는 셰퍼드와 알래스카 말라뮤트, 래브라도 리트리버도 모두 위탁을 맡긴 개들이라고 했다.

"저 아이들은 왜 맡겼나요?"

"각자 사정이 있겠죠. 요즘은 분위기에 휩쓸려 키우다 포기하는 경우도 많습니다. 특히 큰 개를 아파트에서 키우는 건 쉽지 않거든요."

나는 워리 목을 끌어안고 속삭였다.

"미안해. 오래 걸리지 않을게. 조금만 참아줘."

워리 눈에 물기가 고였다. 남편은 멀찍이 떨어져 서서 워리를 보지 않았다. 먼 산을 바라보는 그의 등이 몇 번 흔들리는 것 같았다. 아들은 워리를 꼭 끌어안았다. 남자가 워리를 떼어내 목줄을 잡고 데크 위로 올라갔다. 워리는 계속 짖었다.

"사진 좀 매일 보내주세요."

보고 싶으면 언제든 오라며 남자가 울먹이는 아들을 다독였다.

"워리 걱정하지 마. 교육받으러 온 거잖아."

성재도 자기만 믿으라며 아들 등을 툭 쳤다.

*

이삿짐이 어느 정도 정리된 날, 아파트 앞 과일가게에서 배달 온 멜론 상자를 들고 나는 앞집 벨을 눌렀다. 같은 엘리베이터를 타고 오르내리며 자주 마주칠 이웃이었다. 그냥 서먹하게 지낼 수 없어 먼저 인사를 트기로 했다. 문을 열고 나온 여자는 앞집에 이사 온 사람이라는 말에 반갑게 인사를 건넸다.

"저는 초등학교 5학년 딸이 하나 있어요."

알고 보니 반은 다르지만 아들과 같은 학교, 같은 학년이었다. 내가 멜론 상자를 건네자 여자는 언제 점심이라도 같이하자며, 학부모 회의로 학교에 갈 때는 함께 가는 게 어떠냐고 물었다.

"학원은 어디 보내세요?"

여자는 궁금한 게 많은 듯 이것저것 물었다. 학부모 회의나 학원 정보를 공유하자는 그녀의 말에 적당히 고개를 끄덕이던 찰나, 여자 뒤로 거대한 백색 뭉치 하나가 유령처럼 걸어 나왔다. 시베리아 썰매견으로 유명한 사모예드였다. 나는 하마터면 비명을 지를 뻔했다.

"이렇게 큰 개를 아파트에서 키우세요?"

"아, 우리 우유요. 덩치만 컸지 순둥이랍니다. 혹시 개 키워보셨어요?"

나는 한 번도 개를 키워본 적이 없다고 고개를 저었다. 차마 워리를 동물농장에 맡겼다고 말할 수 없었다. 아파트에서 관리가 힘들지 않냐고 묻자,

"인터폰이야 수시로 오죠. 하지만 개만 뛰나요? 애들이 더 뛰지. 내 배 아파 낳은 자식도 하지 말라면 더 하는데, 개가 좀 짖는다고 내쫓으라는 건 말이 안 되죠. 오히려 큰 애들이 더 조용하고 얌전해요."

여자는 아들이 혼자면 외로울 테니 큰 개를 한번 키워보라고 했다. 닫힌 문 뒤에서 들려오는 우유를 부르는 여자 목소리가 환청처럼 귓가를 맴돌았다.

집으로 돌아오자 아들이 말했다.

"엄마, 어젯밤에 워리가 와서 현관문을 발로 막 긁었어요. 정말 워리가 왔었다고요."

아들은 또 꿈을 꾼 모양이었다. 내가 믿지 않는다는 걸 느꼈는지, 쿵쿵거리며 제 방으로 들어가 버렸다. 꿈속에서도 얼마나 간절히 워리를 불렀을지 짐작이 갔다. 잠시 뒤, 방에서 다시 나온 아들이 말했다.

"워리 좀 데려다주세요. 내 방에서 조용히 같이 지낼게요."

"알았어. 조금만 참아."

아들을 다독여 방으로 들여보내고 농장으로 전화를 걸었다.

"우리 워리, 잘 지내지요?"

안부라도 묻고, 워리가 짖는 소리라도 듣고 싶었다. 앞집 개를 보고 나니 서둘러 데려와야겠다는 용기가 생겼다. 그러나 농장 주인은 전화를 받지 않았다. 밭에서 일하느라 못 받은 걸 수도 있다고 생각하며 전화를 끊었다. 주말에 가서 보고 오면 되겠지. 아직은 집 주인과의 관계 때문에 당장 데려올 수는 없지만, 더는 아들을 아프게 하고 싶지 않았다.

"엄마, 워리 언제쯤 보러 갈 수 있어요?"

아들은 아침에 눈을 뜨자마자 또 물었다.

"며칠이나 지났다고 그래. 정리되면 바로 데려올 거라니까."

아들은 아침밥도 먹지 않은 채, 침울한 얼굴로 가방을 메고 집을 나섰다. 더는 어떤 말도 할 수 없었다.

평소 워리 운동은 늘 아들이 시켰다. 공원을 걷거나 달리기를 했고, 주말에는 남편과 함께 훈련소에 가 반려견 교육도 받았다. 익숙해진 일과가 사라진 아들은 밤에도 쉽게 잠들지 못했다. 잠든 얼굴에는 워리를 찾아 헤매는 그리움이 그림자처럼 드리워지곤 했다.

내가 과일을 들고 방으로 들어가니, 아들은 침대에 웅크린 채 워리와 찍은 사진을 보고 있었다.

"엄마, 이때 워리가 새를 물고 와서 우리 깜짝 놀랐었잖아."

그건 새가 아니라 앞집에서 키우던, 제법 몸집이 커진 병아리였다.

워리가 닭을 물어갔다고 앞집 노인이 좇아와 난리를 쳐, 큰 닭값을 물어줬던 적이 있었다. 그때 아들은 열 살, 초등학교 3학년이었다.

아들은 워리 사진을 손에 쥔 채 잠이 들었다. 내가 아들의 반쪽을 떼어 놓은 것만 같아 가슴이 아팠다.

며칠 뒤, 퇴원한 엄마가 수술 부위가 덧났다며 통증을 호소한다는 연락이 왔다. 아버지는 아무래도 다시 입원시켜야 할 것 같다고 했다. 이럴 때 동생이라도 한 명 있었으면 얼마나 좋을까. 교대로 병원에 모시고 갈 수도 있을 텐데. 결국 엄마는 재입원했다. 의사는 수술이 잘못된 게 아니라 나이 때문이라고 했다. 또 많은 돈이 들어가야 할 것 같아 마음이 무거웠다. 이사하며 생각보다 큰 전세금을 올려주느라 모아 둔 돈도 거의 다 써버렸다.

무엇보다 다시 집을 비우고 병원을 오가야 했다. 워리에게 가겠다는 약속은 자꾸 미뤄졌다.

다행히 아들은 처음처럼 보채지 않았다. 성재를 통해 워리가 잘 지내고 있다는 소식을 듣는다고 했다. 워리 사진을 꺼내보는 일보다는 친구들과 어울려 자전거를 타거나 다른 운동에 빠져들었다. 다행이다 싶었다. 나 역시 병원에 드나들다 보니, 워리 안부를 묻는 전화마저 점점 늦어졌다.

그때 농장 주인이 했던 말이 떠올랐다.

— 다들 맡기고 가면, 그렇게 변하더라고요.

그 변해버린 '다들' 속에, 나 역시 무기력하게 포함되어 가고 있었다.

*

뜬장 주위를 미친 듯이 훑었다. 스무 마리는 족히 넘어 보이는 개들이 그 좁은 철망 속에 갇혀 있었다. 대부분 누런 토종개들이었지만, 그 사이에 진돗개의 혈통이 섞인 놈도, 셰퍼드의 골격을 가진 대형견도 보였다. 내 기척을 느낀 개들이 사납게 짖었다.

전에는 여름이 돌아오면 전국의 수많은 개 농장에서 불법 도살이 이루어지곤 했다. 그러나 지금은 반려견 인구가 천오백만을 넘었다고 한다. 이제 개를 식용으로 쓰는 사람은 없다고들 했다. 그런데 이건 뭘까. 설마, 성재 아버지가 아직도? 소름이 돋았다. 반장 엄마가 하던 말이 떠올랐다.

— 잘 알아보고 맡기지…

그때 뜬장 아래에 쓰러져 있는 낡은 안내판이 눈에 들어왔다. 흙이 잔뜩 묻어 글자는 반쯤 지워져 있었지만, 그것이 무엇인지 알아보는 데는 시간이 걸리지 않았다. 분명 〈아름다운 동물농장〉에서 판다는 메뉴판이었다.

능이 삼겹살 15,000원

능이 닭백숙 53,000원

능이 옻닭 58,000원

능이 오리 로스 58,000원

부추 능이 영양탕…?

모든 재료를 다 자급자족한다던 남자의 말이 떠올랐다. 더위에 지친 사람들이 몸보신하러 온다던 말도. 물 위를 헤엄치던 오리들, 채소밭에서 벌레를 쪼아 먹던 닭들, 방금 잡아 올린 물고기들 그리고 뜬장 안의 개들까지. 그가 말한 '모든 재료'의 범주에 이 생명들이 포함되어 있었다는 사실에 구역질이 올라왔다. 나는 비틀거리며 뜬장으로 다가가 녹슨 걸쇠를 하나하나 풀기 시작했다.

"달아나! 어서 달아나라고!"

미친 사람처럼 소리를 질렀다. 문이 열리자 개들이 나를 앞질러 숲을 향해, 자유를 향해 폭발하듯 튀어 나갔다. 나는 그 무질서한 생명의 행렬 뒤를 따라 무작정 달렸다. 방향도 목적지도 알 수 없는 길 위로, 수명을 다한 보랏빛 등꽃 송이들이 눈처럼 흩날렸다.

〈아름다운 동물농장〉.

이름 하나만큼은 참으로, 지독하게도 아름다웠다.

손의 기억

숨소리마저, 금이 간 유리 위를 딛듯 위태로운 중환자실. 창가 4번 침대에 당신의 어머니가 누워있다. 어머니 손을 잡으려다 당신은 멈칫한다. 종아리를 치던 손 위로 열에 들뜬 당신을 업고 병원까지 달리던 손이 겹친다. 그 손을 한 번도 먼저 잡아본 적이 없다.

"어머니…"

조심스레 불러보지만, 어머니는 이미 대답할 기력을 잃었고 당신은 대답을 들을 기회를 놓쳤다. 늘 "나는 괜찮아"라며 자신을 다독이던 어머니가 그렇게 이승을 떠나고 있었다. 당신은 삼도천을 건너는 뱃길이 외롭지 않기를 바라며 어머니 손을 감싸 쥐었다. 식어가는 온기를 당신의 체온이 아프게 채웠다.

"괜찮아요, 이제 다 괜찮아요…"

그때부터였던가. 당신의 삶이 어머니의 손을 떠나보내는 아픔으로 얼룩진 것이.

*

여름 내내 더위와 전쟁 중이다. 7월부터 이어진 열대야 때문에 밤마다 잠까지 설친다. TV를 켜도 이상기온이니, 고속도로 정체가 어떠니 떠드는 소리뿐이라 어디라도 훌쩍 떠나 볼까 하다가도 막상 더운 바람 한 줄기만 스쳐도 금세 의욕이 꺾인다. 집 안에만 틀어박힌 지 벌써 두 달, 먹은 것도 없는데 속은 더부룩하고, 기분은 땀 젖은 빨래처럼 눅눅하다. 냉장고에서 막 꺼낸 생수 한 병을 다 마신 당신은 휴대전화를 켜 가족 대화방을 연다.

— 나 이러다 영혼이 증발하겠어. 계곡에라도 데려가 줘.

아이들 챙기며 직장 다니느라 바쁜 세 자식에게 이런 말 하는 건, 어미로서 체면이 서지 않는다는 걸 알면서도, 그렇게라도 속을 털지 않으면 정말 죽을 것 같아 투정을 부려봤다. 그런데 뜻밖에 늘 바쁘다며 톡 확인도 안 하던 막내딸 수지가 답을 띄웠다.

— 이번 주말에 같이 가요. 수박 한 통 사 가지고.

'얘가 웬일이래?' 당신은 고개를 갸웃하다 얼른 손가락을 움직인다.

— 그런 데가 있긴 해? 그리고 너는 바쁘잖아.

잠시 후, 수지가 강한 어퍼컷을 날린다.

— 우리 김 여사가 죽겠다는데, 구급차 타고라도 가야지 어쩌겠

어요. 후후.

그 말에 당신은 피식 웃음이 터진다. 화면 속 글자 몇 줄이 방금 마신 물 한 병보다 더 시원하게 가슴을 적신다. 수지 말로는 양평에서 청평으로 이어지는 37번 국도를 달리다 용문산 남쪽 능선이 보이는 용천리 삼거리에서 좌회전해 십 분쯤 들어가면 당신이 좋아할 만한 계곡이 있다고 한다. 그곳은 폭이 넓고 물도 많아 곳곳에 크고 작은 소(沼)가 있고, 상류에는 고려 말 고승 원증국사의 사리탑이 있는 고찰 '사나사(舍那寺)'도 있다며 간 김에 그곳도 들러보잔다.

— 엄마 핑계로 나도 좀 쉬려고요. 토요일 아홉 시, 기사 출동합니다.

다른 두 자식은 여전히 톡을 씹는데, 그래도 막내가 어미 체면을 살려준다. 수지는 물이 철철 흐르는 계곡과 절 풍경을 찍은 영상까지 올려준다. 고즈넉한 사찰 풍경, 그 옆으로 쏟아지는 물소리에 당신의 입이 절로 벌어진다. 당신은 수지 마음이 변하기 전에 얼른 '오케이' 이모티콘을 띄우고 한 줄 멘트까지 날린다.

— 좋아. 수박은 내가 사 가지.

금요일 저녁, 마트로 나온 당신은 '맛과 당도 보장'이라는 문구가 크게 붙은 수박 코너 앞에 선다. 수박마다 '믿고 사세요'라는 글과 함께 환하게 웃는 생산자의 얼굴 사진이 붙어있다. 어떤 게 달고 맛있을까? 겉으로 봐서는 도통 알 수 없다. 예로부터 사람 속과 수박 속은 갈라봐야 안다고 했던가. 그렇다고 거기 있는 수박을 다 갈라볼 수 없어 이것저것 들썩이는데 지켜보던 젊은 직원이 다가와 수박 하나를 번쩍 들어 올린다.

"이렇게 배꼽이 작은 수박이 당도 높고 과육도 단단해요."

당신은 청년이 들어 올린 수박을 본다.

"배꼽이랑 맛이 무슨 상관이라고. 그 말, 믿어도 돼요?"

"배꼽이 작은 게 암수박이거든요. 여자가 원래 더 달달하잖아요. 흐흐."

직원은 자신만 믿으라며 사겠다는 대답도 듣지 않고 수박을 카트에 싣는다. 그러고는 옆의 포도와 망고도 맛있다며 권한다. 결국 당신은 그것도 사고 수박 자를 칼을 덤으로 얻는다. 수지가 보면 뭘 이렇게 많이 샀냐고 잔소리할 게 뻔하다. 그러나 손자·손녀와 떠나는 모처럼의 나들이라 하나도 덜어낼 수 없다.

장을 본 짐을 차에 실어두고 집으로 올라온 당신은 작년 여름 큰딸이 사준 꽃무늬 티셔츠와 흰 바지를 꺼내 소파 위에 펼쳐놓는다. 대형 수건, 돗자리를 가방에 넣어 현관 앞에 두고, 신고 갈 흰 운동화를 꺼내는데, 야구 중계를 보던 남편이 미간을 잔뜩 찌푸리며 묻는다.

"어딜 가는데, 이 난리법석이야?"

"수지네랑 내일 계곡에 가요. 당신도 갈 거죠?"

"나는 안 돼. 내일 아침 일곱 시 티업의 골프 약속이 있어. 오래된 약속이라… 미안해."

그 말을 듣는 순간, 당신은 하마터면 "고맙습니다." 남편 손을 덥석 잡을 뻔했다. 까탈스러운 장인과 예민한 사위, 두 남자를 한 차에 태우고 그것도 계곡까지 가야 한다고 생각하자 머리가 지끈거렸는데, 사위는 출장을 갔고, 남편은 골프 약속이란다. 타이밍 하나는 기가 막히다. 당신은 모처럼 딸과 오붓하게 얘기 나누며 재미있게 놀다 올 생각에 마음이 들뜬다. 그런 속내를 알 리 없는 남편이 탁자 서랍을 열더니 언제 준비해 둔 건지 모를 봉투 하나를 꺼낸다.

"이거 수지 줘. 두 녀석 키우느라 고생이 많잖아."

봉투 안에는 오만 원권 지폐가 제법 두툼하게 들어있다.

"아이고, 웬일이래. 이런 것도 다 챙기고."

당신이 반색하자 남편은 헛기침을 한 번 하더니 "나는 일찍 일어나야 해." 하고 방으로 들어간다. 다음 날 새벽, 그는 다섯 시 정각에 태우러 오기로 한 친구의 차를 타야 한다며 서둘러 집을 나갔다.

*

수지가 정확히 아홉 시에 지하 주차장에 도착했다고 인터폰이 왔다. 당신이 내려가 차 트렁크를 열자 실어둔 짐을 본 수지가 예상대로 얼굴을 잔뜩 찌푸린다.

"수박만 사라니까 또…"

"먹을 입이 몇인데."

수지는 보랭 백과 음료수, 과자는 그대로 두고 과일과 가방만 제 차로 옮겨 싣는다. 아이들한테 단 건 안 먹인다는 게 이유지만, 당신은 제 자식 입만 입인가 싶어 화가 난다. 수박도 두 집 가방 때문에 트렁크가 비좁아 조수석 발밑에 실어야 한다. 큰 차 두고 작은 차로 갈 일 있냐며 당신 차로 가자고 하고 싶지만, 수지가 들어줄 것 같지 않아 그만둔다. 수박은 비닐 끈으로 묶었지만, 차가 흔들릴 때마다 굴러다닐 것 같아 마음이 편치 않다. 수지가 그걸 보고 끌끌 혀를 찬다.

"왜 또?"

당신은 아이들 안전띠를 다시 확인하고, 싸우지 말고 사이좋게 가라고 당부한 뒤 조수석에 앉는다. 수박이 발에 닿아 신경이 쓰인다. 수지가 내비게이션에 '사나사 계곡'을 입력하자 도착까지 한 시간이 걸린단다. 집이 과천인 수지는 이쪽 길이 낯설다며, 내비게이션만 믿지 말고 가다 빠른 길이 있으면 알려 달라고 한다.

"걱정하지 마. 이쪽 도로는 내가 다 꿰고 있어."

당신은 선글라스를 고쳐 쓰며 호기롭게 말한다. 차가 지상으로 올라오니 멀리 북한산 인수봉의 민머리 바위가 허공에 뜬 성처럼 눈앞에 펼쳐진다. 밝은 햇살이 바위 윤곽까지 친절히 비춰준다. 가시거리가 긴 날이다. 햇볕이 독할 것 같다. 당신은 벌써 등줄기가 끈끈하다.

도심을 벗어난 차가 올림픽대로로 들어선다. 내비게이션이 엉뚱하게 영동대교를 건너 강변북로를 타라고 안내한다.

"다리를 건너래요. 맞아요?"

수지가 화면에 뜬 도로 사진을 보며 묻는다.

"그냥 직진해. 직진. 뭐하러 벌써 다리를 건너. 경치는 이쪽이 훨씬 멋진데."

수지는 아이들이 차 타는 걸 금방 지루해할 거라며 더워지기 전에 빨리 계곡에 도착할 수 있는 길을 택하면 좋겠다고 한다. 차는 막힘없이 달린다. 그런데도 내비게이션은 새로운 다리가 나올 때마다 무슨 이유인지 계속 다리를 건너라고 한다.

"어디에 사고가 난 모양인데, 그냥 다리를 건너죠."

수지가 걱정되는 듯 말한다. 당신은 내비게이션이 괜히 설치는 거라며 무시하라고 말한다.

"저 여자는 쓸데없이 말이 많더라고. 차라리 꺼버려."

수지가 어이없다는 듯 웃더니, 당신 말대로 내비게이션을 끈다. 아침 햇살을 받은 롯데월드타워가 차 앞으로 천천히 다가온다. 유리 외벽을 타고 흐르는 햇빛이 건물의 위용을 한껏 드러낸다. 그때 뒷자리에서 손녀가 당신을 부른다.

"할머니, 오빠가 자꾸 팔을 꼬집어요."

손자는 출발할 때부터 의자 너머로 당신의 머리를 간질이고, 발끝으로 의자를 툭툭 차며 장난을 치더니 결국 동생까지 괴롭힌다.

그러고도 재밌다는 듯 실실거리는 얼굴에는 장난기가 가득하다. 당신이 그러지 말라고 나무라자, 수지가 급히 동요 메들리를 튼다. 그러나 손자는 노래에는 관심 없는 듯 딴전만 피운다. 차 안을 노랫소리 대신 수지의 호통과 손녀의 울음, 에어컨 바람이 채운다. 손자는 원래 집에서도 학교에서도 장난이 유별난 녀석이다. 동생을 놀리듯 반 여자아이들을 툭툭 치고 다니고 남자 친구들 머리를 쥐어박거나 물건을 빼앗기도 한단다. 악의는 없어도 요즘은 그런 장난도 학폭으로 번질 수 있으니 1학년 때부터 바로잡아야 한다고 담임이 수차 연락을 해왔다. 당신은 준비해 온 김밥을 꺼내 아이들에게 물과 함께 건네며 달랬다.

"우리 왕자님, 공주님. 소풍 가는 길인데 싸우지 말고, 제발 즐겁게 갑시다."

당신은 수지 입에도 김밥을 넣어준다. 김밥을 입에 문 손녀가 웅얼웅얼 말한다.

"나는 할머니가 싸주는 김밥이 세상에서 제일 맛있어."

당신이 빙그레 웃는다. 옛날 일이 떠올라서다. 당신은 아이 셋을 키우며 김밥을 참 많이도 쌌다. 깻잎 두 장을 깔고 우엉조림과 표고조림, 계란지단, 단무지, 참기름에 조물조물 무친 시금치를 넣고 정성껏 김밥을 말던 그때는 힘들어도 아이들이 무언가를 이뤄낼 거라는 꿈이 있어 고단한 줄도 몰랐다. 그때는 세상을 보는 모든 시선이 아름다웠다. 아이들이 김밥을 먹던 모습도.

수지가 불쑥 당신을 향해 한마딜 한다.

"엄마, 제발 애들을 왕자니, 공주니 하고 부르지 말아요. 늙은 할머니처럼."

당신은 입을 비쭉 내밀며 맞선다.

"할미가 정다워서 그렇게 부르는 건데, 그게 뭐 어때서? 그럼 내가 할미지 뭐. 뭔데?"

"애들이 싫다잖아요. 그냥 이름 부르면 되지."

"난 계속 그렇게 부를 거야. 우리 왕자님, 공주님~"

당신이 일부러 목소리를 높여 말하며 아이들에게 윙크를 보내자 두 녀석이 쿡쿡 웃음을 터뜨린다. 그 웃음 덕에 차 안 공기가 조금 부드럽게 풀린다. 저만치 잠실대교를 향해 모터보트가 물살을 가르며 달려간다. 아이들이 창문에 달라붙어 "와!" 하고 환호한다. 당신도 어느새 아이처럼 달뜬 목소리로 중얼거린다.

"너희랑 나오니 참 좋다!"

*

수지는 '아들·딸 구별 말고 둘만 낳아 잘 기르자'라는 정부 방침까지 어기고 어렵게 얻은 셋째다. 1960년대부터 1980년대까지 정부는 인구 폭발을 막기 위해 산아제한 정책을 강하게 밀어붙였다.

— 딸, 아들 구별 말고 둘만 낳아 잘 기르자.

— 덮어놓고 낳다 보면 거지꼴을 못 면한다.

도시건 지방이건, 거리마다 그런 구호가 내걸렸다. 공무원들은 가정을 일일이 찾아다니며 피임 교육까지 했다. 그때는 아이가 한 집에 예닐곱은 기본이고 열 명 넘는 집도 많았다. 정부가 발 벗고 나설 수밖에 없는 이유였다. 그렇다고 모두가 그 정책을 따른 건 아니다. 자식, 특히 아들이 곧 '재산'이라 믿었던 부모님들 아닌가. 당신의 남편도 위로 아들 넷, 아래로 딸 넷인 팔 남매 중 둘째고, 당신 또한 아들 둘, 딸 셋 중 맏딸이다. 사람들은 둘만 낳아야 한다면 반드시 아들이 있어야 한다고 했다. 남편도 예외는 아니었다.

"아들이 둘은 돼야지."

셋째 임신 소식을 듣자 남편은 양수 검사를 의뢰하자고 했다.

"아들이면 낳고, 딸이면 유산시키자고."

그 말을 들은 당신은 아버지란 사람이 어떻게 그런 말을 할 수 있냐며 대들었다. 그러나 남편은 듣지 않았다. 결국 당신은 끌려가듯 병원으로 갔고 검사 결과는 딸이었다.

"딸은 하나면 돼. 이번엔 수술하고 다음에 꼭 아들을 낳자고."

남편의 말에 당신은 이미 태동을 느낀 배를 감싸 쥐었다. 포기할 수 없었다. 당신 자신도 아버지에게 환영받지 못한 딸이다. 친정아버지는 당신이 여동생을 볼 때마다 마치 그게 당신 잘못이라도 되는 양 책망했다. '남동생도 못 보는 못난 계집애.' 그럴 때마다 어머니는 몰래 눈물을 훔쳤다. 그 모습이 당신 가슴에 대못처럼 박혔다.

딸이라고 아들보다 능력이 부족한 것도 아닌데 왜 구박하냐고 대들다 보니 아버지와는 평생 소원하게 지낼 수밖에 없었다. 그런데 남편이 똑같은 짓을 하려 했다.

"죽어도 수술은 못 해요."

옆에 있던 의사는 담담히 말했다.

"수술은 금방 끝납니다."

그 말은 아이를 금방 죽일 수 있다는 뜻이었다. 당신은 의사를 똑바로 바라보며 말했다.

"그 수술, 저는 동의 못 해요. 그건 살인입니다. 저는 제 아이를 그렇게 못 보내요."

의사는 잠시 머뭇거리다 어미의 본능을 이해한 듯 고개를 끄덕였다. 그렇게 목숨을 건진 아이가 수지다. 그런데 9개월이 되어 마지막 초음파 검사를 해보니 아이가 탯줄로 목을 칭칭 감고 있었다. 마치 자신은 부모의 축복 없이는 세상에 나갈 수 없다고 항의라도 하는 것 같았다. 질식할 수 있다고 위급함을 느낀 의사는 9개월 된 아이를 제왕절개 수술로 꺼냈다. 당시 수술비는 공무원 월급으로는 감당하기 어려운 금액이었다. 그러나 정부는 셋째라는 이유로 의료보험 혜택을 주지 않았다. 그 후로도 수지는 의료보험 혜택을 받지 못했다. 불과 사십여 년 전 이 나라 이 땅에서 비일비재하게 일어났던 일이다.

당신은 운전하는 수지의 옆얼굴을 본다. 그때 다른 선택을 했다면 이 아이는 지금 여기에 없었을 거다. 수지를 볼 때마다, 딸이라는 이유로 세상에 오지 못하고 사라진 아이들이 생각난다. 당신은 그 생명들을 아직도 마음에 품고 산다.

수지는 서른에 결혼했다. 결혼하자마자 아들과 딸을 연년생으로 낳았다. 그때부터 당신은 이 나라의 출산 장려 정책이 얼마나 달라졌는지를 한 눈으로 볼 수 있었다. 당신이 셋째인 수지를 낳았을 때, 산부인과 분만실 벽에는 '딸 아들 구별 말고 둘만 낳아 잘 기르자'라는 붉은 글씨의 포스터가 붙어있었다. 아이를 낳는 일에도 보이지 않는 눈치가 따르던 시대였다. 그런데 지금은 어떠한가. 아이를 낳기만 하면 돈을 주고, 셋째를 낳으면 집까지 준다는 현수막이 걸렸다. 수지가 웃으며 말했다.

"엄마, 첫째는 이백, 둘째는 삼백, 쌍둥이면 오백도 준대요."

그 말에 당신은 웃지 못했다. 코끝이 시큰했다. 생활이 어렵던 그 시절, 셋째를 낳았다는 이유로 의료보험 혜택조차 받지 못했던 당신과 달리 수지는 아이를 낳을 때마다 축하와 지원을 받았다. 손자를 낳고 처음 가본 산후조리원은 당신에게 그야말로 신세계였다. 하얀 커튼 사이로 부드럽게 쏟아지는 햇살, 방마다 놓인 아로마오일 향기. 조리원 복을 입은 젊은 엄마들이 웃으며 셀카를 찍었다. 그 모습을 보며 당신은 울컥했다. 세상은 변했는데 당신은 여전히 사십 년 전의 어둠 속에 서 있었다.

수지는 자주 말한다. 결혼하고 나니 삶이 없어졌다고. 지금 수지는 당신이 한때 그토록 꿈꾸던 삶을 살고 있다. 아침이면 단정한 옷차림으로 사원증을 목에 걸고 당당히 회사로 출근해 자신이 개발한 아이템으로 회의실을 장악한다. 남자 직원들 틈에서도 한 치도 주눅 들지 않는 커리어우먼이다. 당신은 자신감 넘치는 딸의 모습을 보면 부러움과 안도의 숨을 내쉰다.

퇴근 후 돌아온 사위가 알아서 청소기를 밀고, 세탁기를 돌리고, 아이들의 숙제를 봐주는 것도 익숙한 풍경은 아니다. 그 사이 수지는 노트북을 펴 놓고 내일 발표할 자료를 손본다. 식탁 위에는 배달 음식이 깔끔하게 정리돼 있고 거실에는 공기청정기가 조용히 돌아간다. 부족한 게 없어 보이는 삶. 그런데 수지는 행복하지 않다고 한다. 당신은 그 말이 이해되지 않는다. 무엇이 부족한 걸까. 가진 것도 많고 누리는 것도 많은데. 딸은 왜 늘 지쳐 있고 웃음이 짧은 걸까.

차창 밖으로 스쳐 가는 풍경을 본다. 산허리까지 치솟은 아파트, 하늘을 가린 고층 빌딩, 정갈하게 뻗은 도로와 끊임없이 밀려드는 차들. 도시는 번쩍이는데 생기가 없어 보인다. 사람들은 감옥 같은 삶에 스스로를 가둔 채, 웃음 대신 스마트폰 영상과 시간을 보낸다. 그래도 그 순간은 웃는다. 당신은 스스로에게 묻는다. 행복이란 도대체 뭘까. 누구도 그 물음에 답을 줄 수는 없겠지. 각자의 욕망이 다르니까.

뒷자리에서 손녀가 자지러지게 울음을 터트린다. 오빠가 팔을 할퀴었다며 벌떡 일어나 제 어미 앞으로 팔을 내민다.

"엄마, 여기 봐봐. 피 났어."

그 팔이 시야를 가리는 바람에 차가 휘청하고 순식간에 차선을 넘었다. 그사이 우회전해 팔당대교 쪽으로 빠져야 할 출구를 지나쳐 버렸다. 머뭇거릴 틈도 없이 차는 춘천·양양 고속도로로 진입했다. 토요일 오전 고속도로는 기상캐스터 말대로 주차장을 방불케 한다.

"야, 저쪽으로 나가야 해!"

당신이 놀라 소리친다.

"진작 말했어야죠. 갑자기 어떻게 나가요."

수지가 맞받아친다.

"춘천·양양 가는 고속도로라고 저기 대문짝만하게 쓰여 있구먼, 왜 그걸 못 봐?"

"엄마가 알려준다고 내비까지 껐잖아요."

"아니, 제 딸년 때문에 못 봐놓고 왜 내 탓을 해?"

"엄마!"

수지가 버럭 소리친다. 당신 말이 거슬린 모양이다.

"엄마가 잘못해 놓고 왜 민서 탓을 해요? 민우가 그랬으면 그렇게 말했겠어요?"

수지는 갑자기 과거까지 들춰가며 당신을 몰아붙인다.

"아빠가 딸이라고 낳지 말라는 걸 끝까지 어기고 낳았다고, 생색을 오지게 내더니 오빠만 예뻐했잖아요. 이제는 민서까지 미운 거예요?"

딸의 분노에 당신은 말문이 막힌다. 자식을 둘이나 낳은 딸이 독하게 덤비니 그저 멍하니 바라볼 수밖에 없다. 답답한 가슴을 식히려 창문을 내리자 뜨거운 바람이 훅 들이친다.

"할머니, 문 닫아요. 더워요."

뒷자리에서 손자가 외친다. 당신은 잠시 눈을 감는다. 업어 키운 저놈까지. 문을 닫으며 문득, 괜히 왔다는 생각이 든다. 수지가 다시 내비게이션을 켠다. 화면에는 '고속도로 전 구간 정체'라는 문구가 떠 있다. 수지가 투덜거린다.

"이럴 줄 알았어. 처음부터 내비게이션 말 듣고 다리 건너갔으면 됐는데, 공연히…"

"그만해라."

당신은 입술을 깨문다. 그러나 수지는 멈추지 않는다.

"아빠랑 맨날 다니던 길이라면서, 그거 하나 제대로 못 알려주고. 하여튼…

"그만하라고 했다. 이 길로 간다고 해서 몇 시간을 더 도는 것도 아니잖아. 왜 그렇게 호들갑이야."

수지는 못 들은 척 이번엔 제 시어머니와 당신을 비교한다.

"우리 어머니는 엄마랑 동갑인데도 깔끔하고 예의 바르고, 정신도 말짱하고… 근데 엄마는 툭하면 화부터 내고, 소리부터 지르고, 또…"

"또 뭐? 또 뭐!"

당신 목소리가 높아지자, 차 안 공기가 풍선처럼 부풀어 오른다. 수지는 끝내 그 풍선을 터트리고 만다.

"나까지 이렇게 덜렁대고 정신없는 거, 다 엄마 닮아서 그래요. 이성적인 아빠를 닮아야 하는데… 엄마 DNA가 날 이렇게 만든 거라고요."

그 말을 듣는 순간, 당신은 눈앞이 핑 돌고 속이 메슥거린다. '이년이 정말…' 그럼에도 수지는 멈추지 않는다.

"집에 있는 쓸모없는 물건들 좀 버려요. 냉장고에 유통기한 지난 것도 버리고. 뭘 그렇게 사는 걸 좋아해요? 엄마 집에 갈 때마다 민우 아빠 보기 부끄러워 죽겠어요. 창피해 죽겠다고요."

"너 왜 그렇게 엄마를 무시해. 그건 내 인생이고 내 삶이야."

틀린 말은 아니지만, 꼭 지금 이 자리에서 저 말을 해야 할까 싶었다.

당신은 이상하게 늘 허기가 진다. 그래서 욕실 장엔 수건과 샴푸를, 부엌 찬장엔 온갖 그릇을, 냉장고엔 먹을 것들을 채운다. 입지 않는 옷들, 신지도 않는 구두들. 그렇게 뭔가를 채워 넣고 나면 잠시 안도감이 든다. 그런데 큰딸과 수지는 집에 오면 늘 뭔가가 못마

땅했다.

"이게 다 뭐야. 새로운 것만 나오면 다 사는구만. 정말 못 말려."

"언니, 아빠는 안 바꾸고 사는 게 용하지 않아?"

그럴 때마다 두 딸 보기가 부끄러웠다. 그렇다고 그 말을 여기서 또 하다니. 당신은 정말 울고 싶었다. 도로는 언제 뚫릴까. 답이 보이지 않았다. 당신은 차 문을 열고 밖으로 나왔다. 아스팔트에서 타르 냄새가 올라왔다. 냄새가 역해 토할 것 같았다. 앞뒤 차에서도 사람들이 내려 서성이거나 화장실 쪽으로 뛰었다. 그때 손자와 손녀가 화장실에 가고 싶다고 차에서 내렸다.

당신이 두 아이 손을 잡고 화장실 쪽으로 걷는데, 손녀가 묻는다.

"할머니, 오늘… 거기 갈 수는 있어요?"

당신은 잠시 하늘을 올려다본다. 눈앞이 뿌옇게 흐려진다. "물론 갈 수 있지." 말은 그렇게 하지만 당신도 사실은 알 수가 없었다.

당신은 길에서 수지를 잃어버린 적이 있다. 그때도 여름이었다. 세 살이 갓 지난 수지는 두 발로 걷는 게 세상에서 제일 신나는 일이라도 되는 듯, 밖에만 나오면 아무 데로나 걸어갔다. 사실 수지가 어릴 때는 마을에 변변한 놀이터 하나가 없었다. 집 마당과 골목이 놀이터였고, 오일장마다 나타나는 낡은 회전목마가 세상에서 가장 근사한 놀이기구였다. 목마를 몰고 온 아저씨는 동전 오백 원만 내면 동요 두 곡이 끝날 때까지 말을 태워줬으니, 아이들은 신이 날 수밖에 없었다. 그날도 세 아이는 시장 입구에서 목마를 보자 소리쳤다.

"엄마, 말 탈래요!"

"그래, 실컷 타라."

당신은 아이들을 빨강, 노랑, 파랑 목마 위에 태웠다. 고삐를 쥔 아이들은 세상을 다 가진 듯 의기양양하게 말을 몰았다. 아이들이 즐겁게 말을 타는 동안 당신은 잠깐 장을 둘러보기로 했다. 시골 오일장은 언제나 시끄럽고 북적인다. 병아리와 오리, 강아지를 팔며 흥정하는 노인들, 솥에서 김을 풀풀 올리며 익어가는 옥수수, 갓 딴 풋고추와 채소의 싱그러운 빛깔. 생선과 고기, 알록달록한 옷. 없는 것 빼고는 다 있다고 외치는 장사꾼들. 비닐 천막 위로 햇살이 투명하게 빛날 즈음, 사람들의 웃음과 외침은 시장을 살리는 음악이 된다. 당신은 시장을 돌며 아이들이 좋아하는 잘 익은 참외와 치킨을 샀다. 옷 가게 앞으로 가 아이들에게 입힐 바지와 티셔츠를 막 고르고 있을 때, 큰딸이 울먹이며 달려왔다.

"엄마, 수지가 안 보여…"

"뭐?"

당신은 손에 든 것을 내던지고 목마 쪽으로 뛰었다. 남자는 아이가 엄마에게 간다고 해서 바로 내려줬다며, 아이를 못 만났냐고 되레 물었다. 당신은 정신없이 시장 안을 누비며 수지를 찾았다. 불과

십여 분 사이였지만 수지는 어디에도 없었다. 남편이 회사에서 달려왔고, 경찰이 출동했다. 경찰은 장난이라 유괴일지도 모른다며 버스 터미널부터 살폈고 시장 구석구석을 샅샅이 뒤졌다. 그러나 수지를 찾은 건 다섯 시간이 지나서였다. 길에 쓰러져 있는 어린아이를 한 중학생이 발견해 경찰서로 데려왔고 보호 중이라고 했다.

얼마나 울었는지 눈이 퉁퉁 부었고, 바지는 오줌에 젖어 축축했다. 머리카락은 흙이 엉겨 붙어 옥수수수염처럼 바스락거렸다. 수지는 그렇게 또 한 번의 고통을 겪고 당신 품으로 돌아왔다. 그때 수지를 찾지 못했다면? 그날 이후, 당신은 수지 얼굴이 조금만 어두워도 심장이 철렁 내려앉는다. 목마 앞에서의 그 악몽이 아직도 남아 있는 건 아닌지. 그러나 그 공포를 지금껏 품고 사는 사람은 수지가 아니라 당신이다. 병원에서는 그걸 '공황장애'라고 부른다고 했다.

두 아이의 손을 잡고 걷는데 그 증상이 손님처럼 다시 고개를 내민다. 숨이 가쁘고 세상이…

*

차의 보닛과 지붕 위로 태양 빛이 뜨겁게 쏟아진다. 팔당대교를 건넜다면 벌써 계곡에 닿았을 시간이다. 뒷자리의 손자와 손녀는 깊이 잠들었다. 당신은 에어컨 바람을 조금 줄이고, 아이들 목 밑에 쿠

션을 받쳐준다. 그 모습을 바라보던 수지가 묻는다.

"엄마는 왜 그렇게 나한텐 무심했어요? 툭하면 밖에 나갔다가 밤늦게 들어오고."

"내가?"

"기억 안 나요? 나는 어릴 때 늘 혼자였는데."

당신은 아무 말도 하지 못한다. 살기 바빠 아이들의 웃는 얼굴보다 우는 얼굴을 더 많이 봐야 했다. 아이들과 함께한 시간보다, 수지 말대로 밖으로 도는 시간이 더 많았다.

"그렇게 해서 엄마가 얻은 게 뭐예요? 돈? 돈이 나보다 더 중요했어요?"

당신은 입술 안쪽이 터질 만큼 세게 깨문다.

"그러고도 미안하단 말 한마디 안 했잖아요."

차 안이 숨죽은 듯 고요하다. 당신은 그대로 앉아 있을 수가 없다.

"돌아가자."

"여기 고속도로 위예요."

"그래도… 돌아가고 싶어."

말끝이 떨린다. 이제는 돌아가도 숨을 곳이 없을 것 같다. 한참을 침묵하던 수지가 낮게 말한다.

"엄마 눈에도 내가 그렇게 허술해 보여요? 나, 최선을 다하고 있어요. 애 키우는 것도, 회사 일도. 그런데 다들 나만 부족하대요."

"무슨 말이야?"

"여자가 대접을 받는 시대라면서요. 엄마도 그랬잖아요. 과분한 대접을 받고 산다고. 그런 것 다 말뿐이에요. 정작 내가 어떻게 버티는진 아무도 안 봐줘요."

수지의 핼쑥한 볼 위로 그림자가 스친다. 당신은 딸이 잘 버티고 있다고 믿었다. 어미가 되더니 아이들을 잘 키우고, 회사 일도 능숙히 해내니 대견하다고. 밤늦게 피로에 절어 돌아와 당신이 몸을 눕힐 때, 누구 하나 얼마나 힘든지 묻지 않았다. 어미니까, 당연히 그렇게 해야 한다고들 했다. 어미는 그런 거라고. 제 속살을 파 먹이며 자식을 키우는 게 어미라고. 친정어머니도 늘 말했다. "엄마는 괜찮다." 그래서 어미는 다 그렇게 사는 건 줄 알았다. 그런데…

차들이 조금씩 움직이기 시작한다. 앞차가 달리니 수지의 차도 따라 달린다. 신기하게도 그 많던 차들이 다 어디로 갔는지 순식간에 도로가 뻥 뚫린다. 시간을 보니 도로 위에서 머문 건 50분 남짓. 그러나 오십 년도 더 그 자리에 서 있었던 것 같았다. 그보다 딸의 마음을 모르고 산 세월이 더 멀고 아득했다. 고속도로를 벗어난 차가 37번 국도로 들어섰다. 길 옆으로 '사나사 가는 길'이라는 이정표가 보인다. 그때, 문양이 요란한 SUV 한 대가 갑자기 앞으로 치고 들어왔다. 그야말로 눈 깜짝할 사이였다. 수지가 놀라 급히 핸들을 틀었다. 차가 가드레일을 스치며 한 바퀴 돌아 가까스로 멈췄다.

— 바퀴의 마찰음, 고무 타는 냄새, 깨진 수박의 붉은 물, 아이들의 울음소리— 모든 것이 한순간에 폭발하듯 솟구친다. 안전띠를 맸지만, 충격이 크다. 당신은 손을 뻗어 수지의 팔을 잡으며 소리쳤다.

"수지야? 민우야, 민서야 괜찮아?"

머리에 통증이 느껴진다. 바지와 운동화 위로 붉은 물이 번진다.

"엄마, 우리는 다 괜찮아. 엄마는?"

수지가 울먹인다. 당신은 어머니처럼 "엄마는 괜찮아. 엄마는 늘 괜찮지."라고 말하고 싶었다. 그러나 말이 나오지 않았다.

"엄마, 미안해."

당신은 수지의 뺨을 어루만진다. 붉은 물기가 수지의 볼을 물들인다.

"힘들면 힘들다고 말하지 그랬어. 참지 말고."

창문 밖으로 양평의 하늘이 푸르게 열리고, 계곡 바람이 스쳐 간다. 사시 예불을 알리는 사나사 범종 소리가 멀게 들려온다. 당신은 수지의 손을 꼭 잡는다. 붉게 젖은 손 위로 햇빛이 부서진다. 그 빛은 오래전 어머니의 손 위로 스며들던 빛과 닮았다. 당신은 수지의 손을 조금 더 힘주어 잡는다. 마주 잡은 손끝에서 오래 잊고 지내던 온기가 아리게 되살아난다. 순간, 당신은 깨닫는다. 사랑은 언어가 아니라, 체온을 따라 마음으로 스며드는 정이라는 걸. 그 온기 속에서 문득 어머니의 손이 떠오른다.

아스팔트 위의 민달팽이

너를 내려놓은 버스가 성급하게 터미널을 빠져나간다. 목적지인 J시까지 서둘러 가야 한다는 듯, 매연과 함께 토해낸 열기가 허공을 하얗게 뒤덮는다. 너는 한동안 그 자리에 서서, 어딘가로 떠나왔다는 사실만 남긴 채 매정한 사내처럼 돌아서 사라지는 버스의 꽁무니를 바라본다.

덥다.

너는 손바닥으로 이마를 가리고 터미널 쪽으로 걸음을 옮긴다. 아스팔트에서 이글거리며 올라오는 지열이 발목을 감아쥔다. 여름이 정오에 다다른 시간, 소읍의 버스 터미널 대합실 안은 생각보다 한산하다. 낡은 플라스틱 의자들이 줄지어 놓여 있다. 누군가는 고개를 떨군 채 졸고 있고, 누군가는 휴대전화를 들여다보며 힘없는 웃음을 흘린다. 아무것도 하지 않은 채 먼 곳을 응시하는 사람도 있다. 너는 그들 사이를 가로질러 매표소로 다가간다.

매표소 안에서는 노인이 벽에 머리를 기대어 졸고 있다. 입이 반쯤 벌어진 채 고개가 한쪽으로 꺾여 있어 금방이라도 목뼈가 어긋날 것처럼 위태로워 보인다. 너는 조심스럽게 유리창을 두드린다.

"대둔산 가는 표 한 장 주세요. 차가 바로 있나요?"

노인은 쉽게 눈을 뜨지 못한다. 겨우 고개를 들더니 귀찮은 듯 턱으로 옆벽을 가리킨다. 그가 가리킨 쪽으로 고개를 돌리자, 누렇게 색이 바랜 액자 하나가 비스듬히 걸려 있다. 출발 시각과 요금이 적힌 유리에 먼지가 뿌옇게 앉아 숫자가 흐릿하다. 다시 물어야 하나 싶어 돌아보니, 노인은 어느새 다시 깊은 잠에 빠져 있다. 벌어진 입 속으로 파리 한 마리가 드나들지만 그는 미동도 없다. 너는 얼굴을 찌푸린다.

잠시 망설이다 묻는 것을 포기하고 대합실을 나온 너는 택시 승차장 쪽으로 걸어간다. 대합실이 이토록 적막한 걸 보니 버스가 떠난 지 얼마 되지 않은 것 같다. 전에도 급할 때면 합승 택시를 이용하곤 했으니 오늘도 그래야겠다는 생각이 든다. 두 시간에 한 대꼴인 버스 시간을 맞추기란 예나 지금이나 쉽지 않다. 문제는 농번기라 합승할 손님이 있을 것 같지 않다. 그래도 물어는 보자 싶어 길옆에 세워둔 택시를 향해 다가간다. 택시 옆에서 담배를 피우던 남자가 너를 발견하고는 황급히 꽁초를 발로 비벼 끈다.

"어디 가실 겁니까?"

손님이 귀해서인지 남자의 눈빛이 간절해 보인다.

"대둔산요."

남자가 고개를 갸웃하더니 가는 길이 둘인데 어느 쪽으로 가길 원하냐고 묻는다. 너는 고향이 있는 벌말 쪽으로 가고 싶다고 답한다.

"벌말…?"

남자가 그 이름을 되뇌듯 중얼거린다. 그의 시선이 너의 얼굴 위에 집요하게 머문다. 오래전에 잊어버린 벌말이란 이름을 들은 사람처럼 그의 표정이 딱딱하게 굳는다. 그는 이내 고개를 치켜들며 말한다.

"십만 원입니다."

그러고는 퉁명스럽게 덧붙인다.

"에누리는 없습니다."

버스로 가면 만 원이면 충분할 거리를 십만 원이라니. 너는 잠시 생각에 잠긴다. 어쩔까? 남자가 택시비가 비싼 이유를 덧붙인다.

"나올 때 빈 차로 와야 해서 값이 좀 셉니다."

"합승은요?"

"이런 농번기에 합승은 어렵죠."

남자가 다시 너의 위아래를 스캔하듯 훑는다. 별로 기분 좋은 시선이 아니다. 그는 네가 십만 원을 선뜻 낼 사람으론 보이지 않는다고 판단됐는지 돌아서버린다. 너는 다시 말한다.

"합승하고 싶어요. 기다릴게요."

그러나 남자는 대꾸도 없이 대합실 쪽으로 걸어가 버린다. 그는 기사가 아니라 택시 탈 손님을 잡아주고 얼마간의 수수료를 받는 호객꾼이다. 운전을 하기엔 그의 신체적 조건이 좋지 않았다. 초등학생만큼이나 작은 키, 얇은 셔츠 아래로 툭 솟은 등의 혹이 불안하게 실룩거린다. 네가 그를 다시 불렀지만, 그는 못 들은 척 유리문 안으로 사라진다. 그가 밀고 들어간 유리문이 두어 번 너울대다 멈춰 섰다. 그 투명한 유리 면 위로 정오의 햇살이 번쩍이며 날카로운 빛을 발했다.

'뭐지, 저 몰골로?'

한 푼이 아쉬워 보이는 남자가 정작 손님인 너를 거절하다니.

너는 아주 오래전 여름을 떠올린다. 그때도 너는 오늘처럼, 멀어져 가는 한 아이의 흉측한 뒷모습을 입술을 깨물며 아프게 바라보고 서 있었다. 수병이. 그 애도 꼭 저 모습이었다.

그때 다른 택시 기사가 다가왔다.

"대둔산 가시려면 제 차로 가시죠. 운 좋게 합승 손님이 있으면 좋고, 없으면 제가 잘 조절해서 모셔다드릴게요. 어차피 더운 날이라 손님도 없는데, 서 있는 것보다 달리는 게 저도 속 편합니다."

기사의 시원시원한 말투에 기분이 조금 풀린다. 그는 에어컨을 미리 틀어놓았다며 차 문을 열어준다. 서늘한 냉기가 후끈한 공기를 뚫고 배어 나왔다.

*

여름 햇살은 따가웠다. 8월의 마지막 주 토요일. 초등학교에 입학하고 처음 맞는 여름방학이 끝나가던 무렵, 너와 수병은 아직 끝내지 못한 숙제 때문에 하루 종일 부산했다. 남은 숙제는 두 가지였다. 보릿대로 여치집을 만드는 공작 숙제와 하루하루의 생활을 적어야 하는 생활 일기 쓰기였다. 너는 공작숙제인 여치집을 만들지 못했고, 수병이는 일기를 쓰지 못했다. 너는 수병이가 여치집을 만들어주면, 일기를 보여주기로 했다. 일기는 날씨만 알면 어떻게든 한 달 반을 채울 수 있는, 묘하게 관대한 숙제였다. 게다가 너와 수병이는 매일 같은 곳에서 같은 일을 하며 놀았으므로 일기 내용도 크게 다를 게 없었다. 그러니 그 아이에게 너의 일기는 꼭 필요했다.

수병은 그날 얇은 보릿대를 쥐고 네 것과 자기 것, 여치집 두 개를 만들었다. 투명한 금빛 보릿대는 작고 섬세한 그 아이의 손놀림에 따라, 여치가 살기에 더없이 포근한 집으로 변해갔다. 그는 다칠 때 바르는 빨간약을 가져다 지붕 기와라며 무늬까지 넣어주었다. 여치집은 작고 빛나는 궁전이 되었다. 여치집을 다 만든 그 아이가 너에게 건네주며 물었다.

"인옥아."

"왜."

"너도 나중에 내가 이 여치집처럼 아름다운 집을 지으면, 같이 와서 살아줄래?"

너는 잠시 생각하다가 픽 웃으며 대답했다.

"아니. 나도 아버지한테 너희 집처럼 멋진 집을 지어달래서 살 거야. 네가 놀러 와."

수병이 수긍하듯 고개를 끄덕였다.

"그러면 좋겠다. 우린 매일 볼 수 있으니까."

너는 웃으며 화답했다. 너희는 마주 보고 한참을 웃었다.

"우리 이 마을에서 오래오래 같이 살자."

그 말은 거창한 약속도, 비장한 다짐도 아니었다. 그저 그때는 진심으로 그러고 싶었을 뿐이다.

숙제를 마친 뒤, 수병이는 너에게 자기 집 돌배를 따 주겠다고 했다. 너는 아직 익지 않아 먹을 수 없다고 했지만, 그 아인 듣지 않았다. 지붕보다 높은 돌배나무에 오를 수 있다는 걸 너에게 자랑이라도 하고 싶었던 걸까. 수병이는 배나무 옆 돌담 위로 힘겹게 올라갔다. 그곳은 그 아이가 오르기엔 너무도 위험한 곳이었다. 담 위에 올라선 수병인 아래에서 올려다보는 너를 향해 자랑스럽게 웃었다. 그리고 짧은 팔을 뻗어 가지를 붙잡으려는 순간, 그 아이 입에서 처절한 비명이 터져 나왔다. 으악… 그 비명과 함께 아홉 살의 작은 사내아이는 돌배처럼 허공을 가르며 땅으로 떨어졌다. 그 순간, 너는 세상이 멈추는 것을 보았다. 두 손으로 얼굴을 가린 채 그 자리에 털썩 주저앉고 말았다.

수병이 허리를 심하게 다쳤다는 사실을 안 것은 그날 늦은 저녁이었다. 어머니가 병원에서 돌아온 수병이 부모에게 들은 이야기를, 늦게 귀가한 아버지에게 전하는 소리를 너는 이불 속에서 들었다. 너는 두 손으로 귀를 막고 울었다. 다음날부터 마을에는 수병이 이야기가 끊이지 않고 돌았다.

"워쩐댜. 갸가 다시는 걷기 힘들다는디."

"허리를 다쳐 꼽추가 될 수도 있댜."

"애 인생이 워찌되는 겨? 왜 거기는 올라가서… 쯧쯧."

그날 이후, 너와 수병이는 '우리'라는 말을 잃었다. 늘 함께였던 둘은 정 맞아 깨어진 돌멩이처럼 각자의 자리에서 아픔을 삼켜야 했다. 너는 더 이상 수병이와 우리가 아니었다. 어른들의 낮은 수군거림이 수병이의 불행이 오래갈 것임을 예고하고 있다는 사실도 혼자서 알아차려야 했다.

그날로 너는 입을 닫았다. 굳어 버린 혀가 좀처럼 움직여주지 않았다. 소리를 내려 하면 닫힌 목이 숨을 막았다. 학교에 가도 마찬가지였다. 선생님이 이름을 부르면 너는 자리에서 일어났지만, "네"라는 대답은 끝내 나오지 않았다. 아이들은 처음에는 웃었다. 장난처럼 네 앞에서 손을 흔들거나, "인옥이 벙어리 됐나 벼" 놀리기도 했다. 그러나 시간이 지나자, 아이들도 조용해졌다. 너를 부르는 소리도, 말을 거는 일도 점점 줄어들었다. 쉬는 시간마다 아이들은 운동장으로 뛰어나갔지만, 너는 교실 창가에 서 있곤 했다. 바람에 흔들리는 커튼 끝을 바라보며, 말하지 않아도 시간이 흘러간다는 사실을 느끼곤 했다.

집에서도 마찬가지였다. 밥상 앞에 앉으면 어머니는 네 얼굴을 유심히 살폈다.

"왜 말이 없냐" 묻다가도, 네가 고개를 끄덕이면 더 묻지 않았다. 숟가락이 그릇에 부딪히는 소리, 물 따르는 소리, 어머니의 한숨이 집 안을 채웠다. 밤이면 너는 이불을 뒤집어쓰고 숨죽여 울었다. 그때마다 이를 꽉 물었다. 동네 어른들은 너를 피해 수근거렸다.

"애가 놀라서 저렇댜."

"워째 안 그렇겠어. 저 어린 것 앞에서 수병이가 죽어 넘어졌는디."

사고 이후, 수병이는 실하게 자란 두 그루의 오동나무가 서 있던 사랑채 마당에 평상을 내놓고 누워있곤 했다. 누구도 만나고 싶어 하지 않았다. 특히 너를 만나지 않겠다고 해서 너는 곁으로 다가갈 수 없었다. 대신 오동나무 뒤에 숨어 핼쑥해진 얼굴을 몰래 훔쳐보았다. 갑작스러운 사고로 친구를 잃은 너는, 외롭고 슬픈 홀로서기를 하듯 하루하루 작은 가슴을 태워야 했다. 여덟 살 아이가 감당하기에는 너무 큰 시련이었고, 너무 무거운 침묵이었다.

수병은 부모의 극진한 간호에도 끝내 회복하지 못했다. 허리는 점점 굽어 갔고, 예전처럼 곧게 서서 너를 향해 웃을 수도 없었다. 더는 높은 배나무에 올라 돌배를 따 주겠다고 말할 수 없는 몸이 된 수병은, 이 년을 더 고향에서 살다가 떠났다. 슬픔으로 점철된 너의 여덟 살, 아홉 살, 열 살의 기억은 그 아이의 굽은 등처럼 오래도록 아프고 쓰린 상처로 남았다.

수병이 떠난 뒤, 너도 그곳에서 이 년쯤 더 살다가 지금 오빠가 살고 있는 대둔산 쪽으로 이사했다. 그리고 많은 세월이 흘렀다. 어머니는 돌아가신 뒤 태고사에 위패를 모셨다. 그날의 코흘리개 여덟 살 너는 이제 사십을 넘긴 중년 여인이 되었다.

서울에서 대학을 졸업한 너는 잡지사를 운영하며 취재차 전국을 떠돌곤 해왔다. 부모님 기일이 돌아오면 오늘처럼 논산에서 버스를 타거나 택시를 이용해 위패를 모신 태고사를 찾아가기도 했다. 네가 굳이 합승을 원하는 건 돈 때문이 아니었다. 고향 사람들이 나누는 이야기를 듣는 게 좋아서였다.

문득 너는 생각한다. 수병은 지금 어떻게 살고 있을까. 가슴골 아래 깊이 묻고 살아온 친구, 그 아이에 대한 기억은 네게 죽음만큼이나 어둡고 아픈 상처다. 수병이 고향을 떠난 뒤 풍문처럼 떠돌던 말들. 끝내 꼽추가 되었다는 소식. 조금 전에 마주친 그 남자처럼 그도 불편한 몸으로 뜨거운 아스팔트 위를 걷고 있지는 않을지. 생각이 떠오르자, 너는 가슴에 강한 통증이 왔다.

네가 타고 가기로 한 택시 기사는 에어컨이 시원한 차 안에서 합승 손님을 기다리라고 했지만, 너는 마음이 편치 않아 앉아 있기가 불편했다. 하필 호객꾼의 모습이 수병과 닮아있을 게 뭐람. 너는 결국 차 문을 열고 내려 남자가 사라진 대합실 쪽으로 걸음을 옮겼다. 확인하고 싶었다. 이성적으로는 그가 수병일 리 없다고 단정하면서도, 혹시나 하는 미련이 발목을 잡았다. 아무리 세월이 무심하게 흘렀어도 그를 몰라볼 리 없지 않은가. 하지만 이곳은 고향 벌말과 지척인 논산이었다.

너는 대합실 뒤편으로 돌아 들어갔다. 그곳에는 뙤약볕이 내리쬐는 넓은 공터가 방치되어 있었다. 버려진 폐타이어와 녹슨 빈 기름통들이 어수선하게 뒹굴고, 통에서 흘러나온 기름 냄새가 공기 중에 역하게 섞여 들었다. 쌓인 오물 위로는 검은 파리 떼가 윙윙거리며 득실거렸다. 그 황량한 빈터 끝에 그 남자가 있었다. 시멘트 블록 몇 장을 포개놓고 걸터앉아 담배를 피우는 남자는, 마치 선생님 눈을 피해 숨어든 아이처럼 왜소하고 작았다.

너는 조심스럽게 그에게 다가갔다. 가까이서 본 그의 얼굴 어디에도 수병의 흔적은 없었다. 깊게 패인 이마의 주름, 볕에 그을려 검다 못해 푸석해진 살빛, 그리고 기괴하게 굽은 등. 그럼에도 너는 마른 침을 삼키며 물었다.

“실례합니다. 조금 전에 대둔산 가는 택시 합승 물었던 사람인데요. 혹시… 예전에 벌말에 살던 수병 씨 아니신가 해서요.”

남자는 대답 대신 슬그머니 몸을 돌려 앉았다. 그가 내뱉은 하얀 담배 연기가 뜨거운 공기 속으로 아지랑이처럼 흩어졌다.

“혹시 저 모르시겠어요? 인옥이라고 하는데….”

남자는 모른다고 말한다. 그의 발밑에는 타 버린 담배꽁초들이 죽은 애벌레처럼 수북이 쌓여 있다. 너는 더 서 있기가 무안해 조용히 돌아선다.

"실례했습니다."

하필 쓰레기 더미 옆에서 줄담배를 피우고 있는 남자에게 신경이 쓰이다니. 누군가 입다 버린 헌 옷만큼이나 누추하고 초라한 몰골. 그래, 저 사람이 수병일 리가 없지. 너는 안도의 숨을 쉰다. 돌아 나오는 네 발소리에 놀란 파리 떼가 한꺼번에 날아오른다. 너는 서둘러 그곳을 벗어난다.

사십 분을 기다렸지만 합승 손님은 없었다. 너는 공연히 시간만 지체했다고 멋쩍어하는 운전사를 재촉해 차를 출발시켰다. 그러나 무언가 소중한 것을 논산 땅에 남겨두고 떠나는 것처럼 마음이 무거워 자꾸만 뒤를 돌아보았다. 달리는 차창 뒤로 멀어지는 버스 정류장은 열기에 젖어 녹아내리는 눈사람처럼 흐릿하게 주저앉았다.

"기사님, 아까 그 택시 호객꾼에 대해 좀 아세요?"

"김 씨요? 참 수수께끼 같은 양반이죠. 가족도 없는 것 같고 제 얘긴 통 안 하니 속을 알 수가 없어요. 기사들 사이에서는 늘 누군가를 기다리는 사람으로 통하죠."

"기다린다고요?"

"택시 손님 잡는 게 목적이 아니라, 도망간 마누라를 기다린다는 소문도 있고요."

차가 가쁜 숨을 몰아쉬며 산길로 접어들자 바람이 한결 서늘해졌다. 열 굽이도 넘는 험한 모퉁이를 돌아야만 넘을 수 있는 고개. 사람들은 이곳을 황룡재(黃龍岾)라 불렀다. 누런 용이 몸을 틀며 산을 넘는 형국이라 하여 붙여진 이름이라던가. 길가 상수리나무에 매달린 매미들의 그악스러운 울음과 택시의 엔진 소리, 운전사의 구성진 말투와 거친 바람 소리가 한데 섞여 정겹게 고개를 넘었다. 하지만 네 가슴에는 여전히 가시 돋친 듯 묵직한 응어리가 남아 있었다.

이윽고 두 갈래 길이 나타났다. 하나는 네가 태어난 고향 벌말로 가는 길이고, 다른 하나는 부모님 위패를 모신 태고사가 있는 대둔산 쪽으로 가는 길이다. 갈림길에서 너는 잠시 마음이 흔들린다. 벌말! 수병과 네가 태어난 고향. 너는 그곳에 가고 싶었다. 비록 그곳에 수병은 없지만, 그곳에는 어린 날의 추억이 있다. 수병이 다치고 난 뒤 베어진 키 큰 돌배나무도 그리웠다. 너는 기사에게 잠시 벌말에 들러 달라고 부탁한다. 거리만큼 요금은 더 치르겠다고 하자 기사는 말없이 고개를 끄덕이고는 방향지시등을 켠다. 그리고 천천히 고향 쪽으로 핸들을 튼다. 아스팔트 위를 구르는 타이어 소리가 마치 먼 과거로 되돌아가는 초침 소리처럼 들려왔다.

고향도 이제는 옛말이다. 친구들과 어울려 미역을 감던, 맑고 깊던 냇가는 수위가 낮아져 이름 모를 잡풀들만 무성하게 자리를 차

지하고 있었다. 진달래를 꺾으라 숨차게 오르내리던 뒷산은 허리가 뭉텅 잘려 나갔고, 그 잘린 단면 위에는 정체 모를 공장 건물이 흉물스럽게 버티고 서 있었다. 수병의 기와집이 단정하게 자리 잡았던 언덕도 속절없이 깎여 밭이 되어 있었다. 이랑 가득 잎을 펄럭이며 자란 감자들이 제각각의 꽃을 피워 올렸다. 눈을 감으니 환청처럼 어릴 적 부르던 노랫소리가 들려왔다.

하얀 꽃 밑에는 하얀 감자
자주색 꽃 밑에는 자주 감자
붉은 꽃 밑에는 붉은 감자….

너는 밭둑에 서서 수병의 얼굴을 떠올렸다. 저 밭고랑 어디쯤이 평상이 놓였던 사랑채 마당이었을까. 어디가 안방이고, 어디가 부엌이었을까. 우리 집 대문은 또 어디쯤이었나. 수병이 너를 부르던 달뜬 목소리와 웃음소리, 그 사이사이에 섞여 들던 원망 어린 한숨이 귓가를 맴돌았다. 돌배처럼 허공에서 추락해 땅 위를 구르던 그 작은 몸이 자꾸만 감자꽃 위로 겹쳐 보였다. 그날의 태양은 여전히 같은 자리에서 잔인한 열기를 쏟아붓고 있었다. 지열이 흘러간 시간을 말없이 집어삼키기라도 하듯, 너의 몸은 이내 열에 들뜨기 시작했다.

"아니, 이게 누구랴. 인옥이 아녀?"

고개를 돌리니 친구 선희의 어머니가 다가오고 있었다. 정 많고 입담도 푸짐하던 아주머니는 여름 햇살에 그을린 얼굴 위로 검버섯을 꽃처럼 달고 있었다. 여전히 후덕한 모습으로 늙어가고 있는 고향의 얼굴이었다.

"어매도 안 계신 고향엔 웬일로 왔댜?"

"안녕하세요. 어머니 기일이라 태고사 가는 길에… 그냥 고향 생각이 나서 들렀어요."

"그런디 여기서 무얼 하고 서 있어. 햇볕이 이리 뜨거운데, 그늘이라도 좀 찾아 들어가지."

택시가 기다리고 있어 금방 가야 한다고 말하자, 선희 어머니는 잠시 너를 살피더니 불쑥 수병의 이야기를 꺼냈다.

"여기 서서 수병이 생각하고 있었던 거여?"

잠시 뜸을 들이던 아주머니가 뜻밖의 말을 덧붙였다.

"논산서 누가 수병이를 봤다고 하더라고. 참말인지는 몰라도… 제 어미는 죽었다고 했다는 걸 보면 맞는 것 같기도 하고."

"논산서요?"

"이, 그려. 택시 잡아주고 얼마간 돈을 받는 뭐 그런 일을 한다는 것 같던디. 갸가 몸이 저래서 다른 일은 할 수 있는 게 없다드라고."

그 말은 용수철처럼 너의 몸을 튕겨 올렸다. 너는 더 묻지 못하고 서둘러 차에 올랐다. 그러고는 다시 논산으로 차를 돌려달라고 기사를 채근했다. 기사는 당혹스러운 얼굴로 무엇을 흘리고 왔느냐고 물었지만, 너는 대답 대신 그저 그 꼽추 김 씨를 만나야 한다고만

되뇌었다. 아닐 거야, 그럴 리 없어. 그가 정말 수병이라면 내가 몰라볼 리가 없지. 머릿속에서는 부정의 목소리가 소용돌이쳤지만, 심장은 이미 논산으로 달려가고 있었다.

택시는 한 시간을 되달려 다시 논산에 도착했다. 너는 정신없이 뛰어다니며 그를 찾았다. 그가 앉아 있던 빈터, 대합실, 식당, 그러나 어디에도 그는 없었다. 다른 기사들 역시 그를 보지 못했다고 했다. 그때 타고 온 택시 기사가 쪽지 한 장을 내밀었다.

"김 씨가 사는 집 주소입니다. 사무실에서 적은 거니 맞을 겁니다. 타세요. 내가 모셔다드릴게요."

너는 쪽지를 손에 꼭 쥔 채, 다시 그의 택시에 올랐다.

*

기사가 너를 내려준 곳은 호남선 열차가 가로지르는 뚝방촌 앞이었다. 철길 옆으로 허술한 판잣집 서너 채가 동화 속 일곱 난쟁이의 집처럼 옹기종기 맞닿아 있는 곳. 기차의 기적 소리가 조금만 세게 울려도 금방이라도 무너져 날아가 버릴 듯 위태로운 집들이었다. 그럼에도 그 안에선 아이들의 천진한 웃음소리가 새어 나오고 있었다. 누가 정성 들여 심은 것인지, 몇 그루의 칸나가 푸르고 실한 잎 위로 선혈처럼 붉은 꽃을 피워낸 채 꼿꼿이 서 있었다. 문 앞에는 누렁이 한 마리가 꼬리로 파리를 쫓으며 단잠에 빠져있었다. 네가 다가가자 누렁이는 게슴츠레 눈을 뜨더니, 이내 낯선 이를 경계하며 사납게 짖어대기 시작했다.

"컹! 컹컹!"

개 짖는 소리에 동네 개들이 여기저기서 튀어나왔고, 털빛이 제각각인 고양이 몇 마리도 슬금슬금 기어나와 기척을 살폈다. 네가 뒷걸음질 치자 누렁이는 기세를 몰아 한 발짝 더 다가와 짖어댔다. 그 소란에 집 안에 있던 아이들이 우르르 몰려나왔다. 고만고만한 아이들 다섯이 토끼 같은 눈을 뜨고 너를 쳐다보았다.

"얘들아, 사람을 좀 찾으러 왔는데. 혹시 키가 작고 등이 조금 굽은 김 씨 아저씨가 여기 사니?"

"김 씨 아저씨요? 저기 끝 집에 살았는데요. 아까 어디 간다고 떠나셨대요. 우리 엄마가 갑자기 가버리면 어떡하냐고, 방세도 남았는데 가느냐고 타박하는 소릴 들었어요."

"짐까지 다 챙겨서 가셨니?"

"원래 짐도 별로 없었대요. 가보고 싶으면 가보세요. 문 열려 있을걸요."

아이 하나가 앞장서 달려갔고, 너와 나머지 아이들, 그리고 꼬리를 흔드는 개들이 그 뒤를 줄지어 따랐다. 먼저 도착한 아이가 삐걱거리는 문을 열어주었다. 오후의 비스듬한 햇살이 너보다 먼저 방 안으로 침범해 들어갔다.

방 안은 텅 비어있었다. 사람이 살았다는 온기는 간데없고, 여기

저기 흩어져 있는 구겨진 신문지 몇 장만이 허망한 흔적의 전부였다. 철길 쪽으로 난 창틀 위로 어느새 거미 한 마리가 내려와 줄을 치고 있었다. 하얀 씨실과 날실을 엮어 한 남자가 떠난 자리에 제 거처를 마련하는 그 생경한 풍경이 낯설게 다가왔다. 너는 아이들을 밖으로 내보낸 뒤, 문 앞에 장승처럼 우두커니 서 있었다.

"인옥아, 내가 저 돌배 따줄게."

"그러지 마, 수병아. 위험해."

기억은 예고 없이 고막을 스쳐 지나갔다. 너는 눈두덩이 뜨겁게 달아오르는 것을 느끼며 고개를 돌렸다. 그때, 문지방 위에서 가느다란 빛이 번쩍하고 네 시야를 스쳤다. 창으로 스며든 햇살이 천장에 매달린 작은 물체에 닿아 반사된 빛이었다.

너는 홀린 듯 다가가 조심스럽게 그것을 떼어냈다. 여치집이었다. 세월에 허옇게 탈색된 비닐 위로 검은 거미줄이 몇 가닥 엉겨 붙어 있었다. 손끝으로 거미줄을 걷어내자, 빨간 물감으로 그린 기와 자국이 희미하게 그 형체를 드러냈다. 보릿대 대신 얇은 비닐끈을 엮어 만든 노란 여치집. 그 위로 붉은색을 덧칠했을, 작고 야윈 수병의 손길이 어른거렸다. 그는 이곳에서 여치집을 만들며 누구를 기다렸던 것일까.

그때, 열차가 요란한 굉음을 내며 철길 위를 질주했다. 거미가 놀라 창문 위로 몸을 숨겼다가, 이내 아무 일 없었다는 듯 다시 줄을 잇기 시작했다. 너는 여치집을 가슴에 품고 집을 나섰다. 훅 끼쳐오는 열기가 목덜미를 뜨겁게 훑고 지나갔다. 아스팔트 위의 민달팽이처럼, 느릿하고 위태롭게 제 삶을 견뎌냈을 한 남자의 뒷모습이 눈앞에서 아지랑이처럼 어른거렸다.

*

태고사에 이르러서야 너는 가쁜 숨을 고르며 천천히 돌계단을 오른다. 발밑에서 사각거리며 자갈 밟히는 소리가 정막한 산사에 낮게 깔린다. 법당 앞에 멈춰 서서 신발을 벗는다. 발바닥에 닿는 낡은 툇마루의 촉감은 차갑지도, 그렇다고 따뜻하지도 않다. 그저 수많은 이들의 간절한 온기를 묵묵히 받아내 온 세월의 감촉이다. 너는 그 위에 잠시 멈춰 서서 마른세수를 한 뒤 안으로 들어선다.

부모님의 위패 앞에 향 한 대를 사른다. 가느다란 연기가 허공으로 치솟다 이내 결을 잃고 흩어진다. 붙잡으려 해도 붙잡을 수 없고, 보내려 해도 차마 밀어낼 수 없는 그리움의 형상 같다. 그 희뿌연 연기 사이를 비집고 수병의 얼굴이 떠오른다. 그 아이가 내뱉었던 다정한 말들, 끝내 하지 못하고 삼켰을 비릿한 말들, 그리고 비닐 끈으로 엮어 만든 그 가련한 여치집.

논산의 열기, 택시 기사의 무심한 말투, 그리고 대기를 달구던 8월의 태양. 그날의 사고는 이미 마침표를 찍은 과거의 일이지만, 결코 사라진 것은 아니었다. 네가 수십 년이 지난 지금도 배를 먹지 못하는 것처럼, 그 아이 역시 여치집을 가슴에 품은 채 굽은 등으로 세상을 견뎌온 것일까. 추억이란 장소에 박제되는 것이 아니라, 결국 사람의 몸속에 남는 것이었다. 가슴에, 머리에, 그리고 욱신거리는 뼈마디마다.

너는 천천히 고개를 숙인다. 참았던 굵은 눈물방울이 툭 떨어져 발등을 적신다. 등 뒤에서 산바람이 불어와 처마 끝의 풍경을 흔든다. 챙그랑, 가볍고도 청아한 금속음이 정적을 깨운다. 너는 그 소리를 길잡이 삼아 법당을 나선다. 가야 할 곳을 이미 알고 있는 발걸음이, 무거운 마음보다 먼저 앞서 나간다.

오늘도 그렇게, 논산에서 시작된 길은 기어이 너를 이곳으로 데려다 놓았다.

그들의 이소(離巢)

누가, 그 새를 쐈을까.

구름이 갈라지고 한 줄기 형안(炯眼) 같은 빛이 쏟아진다. 빛은 구름 위를 활공하는 새의 몸을 감싸 안고, 땅을 향해 은총 같은 손을 뻗는다. 그 찰나, 날카로운 한 발의 총성이 정적을 깨고 검은 새는 허공에 궤적을 그리며 급하게 추락한다. 짧고 비명 섞인 단말마.

까아악….

눈을 뜬다. 총알이 새가 아닌 내 팔을 스친 것일까. 팔 안쪽이 얼얼하다. 깨질 듯한 두통에 잠은 이미 멀찌감치 달아나 버렸다. 다시 눈을 감으면 플레이어가 되감기 하듯 같은 궤적의 잔상이 돌아올 것 같아 자리를 털고 일어난다. 오전 여덟 시. 핸드폰 화면 속 숫자들이 어지럽게 빙글거린다. 거실로 나와 창문을 여니 서늘한 아침 공기가 가슴골을 헤집으며 파고든다. 동공 위를 모래알이 기어다니는 듯 눈이 뻑뻑하고 아프다.

벚나무 가지에 앉아있던 새 한 쌍이 기척에 놀란 듯 푸드득 날아오른다. 등에서 꼬리까지 이어진 서늘한 푸른 물빛. 그 새의 잔상이 꿈속의 검은 새와 겹쳐진다. '또 새야?' 나는 진저리를 치며 몸을 돌린다. 새는 보란 듯이 다른 가지로 옮겨 앉아 비웃기라도 하듯 우렁차게 울어댄다.

창가 테이블 위에는 어젯밤 읽다 덮은 책들이 난잡하게 널브러져 있다. 오늘까지 송고해야 할 소설 원고, 커피잔 바닥에 눌어붙은 검은 얼룩, 그리고 반쯤 녹아 형체가 뭉개진 초콜릿 몇 조각. 그때 현관문이 덜컥 열린다. 아침 운동을 나갔던 남편이다.

"밖이 좀 시끄럽네. 물까치들이 둥지 틀 자리를 찾는 모양이야."

내가 멍한 표정으로 묻는다.

"둥지요?"

"응. 물까치는 까치랑 비슷한 종인데 몸집이 조금 작아. 등부터 꼬리까지 물빛이 돌아서 그렇게 부른다더군."

"혹시…"

내가 턱짓으로 창밖을 가리키자, 남편이 다가가 고개를 내민다.

"그래, 저놈들. 여보, 저 녀석들이 우리 집 나무에 둥지를 틀려나 봐."

남편의 목소리에 불필요할 만큼의 활기가 실린다.

"물까치는 알을 여덟 개쯤 낳고 스무날 넘게 품는다지 아마. 집에 새가 둥지를 틀면 좋은 일이 생긴다던데…?"

나는 웃지 않는다. 새 이야기를 늘어놓는 남편 행동이 짜증스럽다.

"그만 좀 해요. 새가 박씨라도 물어다 줄까 봐 이리 호들갑이에요?"

예감에는 늘 설명하기 어려운 근거들이 들러붙는다. 검은 새의 추락. 그것을 기시감이라 불러야 할까. 똑같은 꿈을 사흘 연속 꾸는 데는 분명 불길한 징조가 있을 텐데, 도무지 짐작이 가지 않는다. 샤워를 마친 남편이 수건으로 젖은 머리를 털며 나오다 또 새 이야기를 꺼낸다.

"편집장이 장르를 한번 바꿔보라고 했다며? 이참에 저 물까치 이야기, 좀 괴기스럽게 써보는 건 어때?"

나는 대꾸하지 않는다. 팔 안쪽이 다시 우리하게 저려온다. 정말 총탄에라도 맞은 것처럼, 낯설고도 선명한 통증이다.

*

남편의 예견대로, 거실 창문 앞 벚나무—거실 쪽으로 길게 뻗어 나온 중간 가지—에 물까치 부부가 터를 잡았다. 이른 아침부터 해거름까지 작은 부리로 부지런히 나뭇가지를 물어 나르더니, 사흘이 지나자 제법 견고한 구형의 둥지가 모습을 드러냈다. 거친 나뭇가지

사이로 마른풀이 촘촘히 얹히고, 알이 놓일 자리에는 솜털처럼 하얀 털이 폭신하게 깔렸다. 남편은 어미 물까치가 제 가슴팍의 털을 직접 뽑아 정성스레 깔아놓은 것이라 설명했다.

'밤톨만 한 머릿속에 어찌 저토록 지독한 모성이 깃들어 있을까.'

사람들은 흔히 기억력이 나쁜 자를 새대가리에 비유하곤 한다. 하지만 그것은 저들의 치열한 생(生)을 몰라서 하는 소리일 게다. 나 역시 한때는 내 아이들을 위해 배냇저고리와 포근한 이불을 손수 지었었다. 앙증맞은 곰돌이와 토끼, 푸른 나무를 정성껏 수놓고, 귀퉁이에는 아이들 이름의 첫 글자인 'M'과 'S'를 한 땀 한 땀 새겨 넣었다. 그 작은 옷가지와 이불에는 지금도 아이들의 체온이 고스란히 배어 있는 것만 같다.

둥지를 완성한 어미 새는 하루에 하나씩, 도합 여덟 개의 알을 낳았다. 그러고는 둥지 깊숙이 제 몸을 파묻고 지극한 정성으로 알을 품기 시작했다.

"알은 한순간이라도 온기가 식으면 부화가 안 돼. 그래서 어미는 좀처럼 둥지를 비우지 않는 거야. 정 급하면 아비가 잠깐 교대해주기도 하지만."

남편은 그렇게 말하며 내 어깨를 가볍게 다독여준다. 당신도 그러지 않았냐는 듯. 나는 대답 대신 고개를 끄덕였다.

알을 품은 지 이십여 일이 지나자, 매끄럽던 알 표면에 가느다란 균열이 가기 시작했다. 안쪽에서 어린 생명이 온 힘을 다해 껍질을 밀어 올리는 기척이 느껴졌다. 어미가 밖에서 그 틈을 조심스레 쪼아주자, 마침내 새끼들이 세상 밖으로 모습을 드러냈다. 붉은 살빛의 가냘픈 몸을 웅크린 채, 어린것들은 본능적으로 입을 벌려 울어댔다.

바람은 차고, 엉성한 둥지는 온전한 요람이 되어주지 못하는 것 같아 나는 그 광경을 내내 아린 마음으로 지켜보았다. 그러나 정작 어미 새는 내가 창가로 다가가기만 해도 두 눈을 부릅뜨고 깃털을 잔뜩 부풀리며 경계의 기색을 감추지 않았다.

나는 지독한 입덧과 우울증, 그리고 임신중독증을 견디다 못해 9개월 만에 첫아들을 조산했다. 벌써 30년도 더 지난 옛일이다. 아이는 태어날 당시 몸무게가 채 2kg도 되지 않을 만큼 가냘팠다. 결혼 4년 만에 어렵사리 얻은 귀한 자식이었고, 내 나이 서른셋에 비로소 품에 안은 아들이었다. 당시 남편은 여전히 고시에 매달리고 있었기에 생계는 오롯이 나의 몫이었다. 나는 출판사 편집자로 일하며 밤늦도록 교정지를 붙들고 씨름하며 살았다. 달이 차오를수록 다리는 코끼리처럼 부어올랐고, 발가락의 경계마저 희미해졌다. 피부 위로 푸른 핏줄이 뱀처럼 도드라졌다. 임신중독이라는 진단을 받았을 때는 이미 산달이 코앞이었다.

아이는 태어나자마자 내 따뜻한 품이 아닌 차가운 인큐베이터 안으로 들어갔다. 한 달을 넘게 버티며 겨우 체중을 불린 뒤에야 집으로 돌아왔지만, 아이는 여전히 한 줌도 안 될 만큼 작았다. 그런데 첫째를 낳은 지 불과 두 달 만에 내게 둘째가 찾아왔다. 달수로 치면 일 년 사이에 아이 둘을 연달아 품게 된 셈이었다. 당혹감에 고개를 숙이고 있는 내게 친정엄마가 말했다.

"둘 다 나이가 있는데 잘된 일이지, 뭘 부끄러워하냐."

엄마는 첫째를 낳고 생리도 비치기 전에 들어선 둘째 아이는 특별한 기운을 타고나는 경우가 많으니 잘 지켜보라고 덧붙였다. 나는 그 말의 숨은 의미를 굳이 묻지 않았다. 젊어서부터 절집보다는 점집 문턱을 더 자주 드나들던 엄마였다. 혹여나 듣기 거북한 소리를 들을까 싶어 모르는 체하는 게 상책이라 여겼다. 그러나 엄마는 아들이 일곱 살, 딸이 여섯 살이 되던 해, 기어이 나를 이끌고 강남 한복판의 철학관으로 향했다.

"아이들이 타고난 기질을 정확히 알아야 공부도 제대로 시킬 수 있는 거다. 그게 부모 된 도리고."

엄마는 이런 곳은 혼자 들어가야 원하는 바를 속 시원히 다 물어볼 수 있다며, 문 앞에서 내 등을 떠밀고는 돌아섰다.

철학관은 한강이 내려다보이는 오피스텔 7층에 자리 잡고 있었다. 문을 열자 은은한 향내와 함께 낮은 명상 음악이 흘러나왔다. 절집의 분위기를 흉내 낸 듯했으나, 그 고요함이 진심 어린 평온인지 사람의 마음을 홀리기 위한 정교한 장치인지 나는 분간하기 어려웠다. 벽면에는 인간의 운명과 열두 별의 관계를 엮어 그린 천문도가 비스듬히 걸려 있었고, 거실 한가운데에는 나이테가 선명하게 살아있는 육중한 원목 탁자가 놓여 있었다. 직원의 안내를 받아 탁자 앞에 앉자, 긴 로브를 걸친 남자가 안쪽 방에서 미끄러지듯 걸어 나왔다.

남자의 눈빛은 면도날처럼 날카로웠으나, 목소리는 기이할 정도로 부드러웠다. 나는 가방에서 반으로 접은 종이를 꺼내 남자 앞으로 조심스럽게 밀어 놓았다.

"아이들 사주예요. 이걸로… 정말 타고난 운명 같은 걸 알 수 있나요?"

남자는 종이를 펼치더니 아이들의 생년월일을 숫자로 치환해 노트에 옮겨 적었다. 사각거리는 펜 소리를 듣고 있자니, 저 남자가 내 아이들의 앞날을 제멋대로 재단하고 확정 지어버릴 건 아닐까 싶어 불안했다. 이상하게도 그에게서 그런 기운이 느껴졌다. 잠시 뒤, 남자는 겉장이 닳아 해진 낡은 당사주 책 한 권을 꺼내 탁자 위에 펼쳤다.

"보십시오. 관복을 입고 붓을 든 청년이 정좌하고 있는 이 그림이 아드님의 운세입니다. 관운(官運)이 아주 강하군요. 법대에 보내 판·검사를 시키십시오."

판·검사라니.

순간 나는 몸이 굳었다. 남편이 7년이라는 세월을 쏟아붓고도 끝내 움켜쥐지 못한 신기루 같은 시험. 시어머니가 평생을 염원해 온 그 고단한 길로 다시 내 아들을 밀어 넣으라는 말인가.

"요즘은 AI로도 정밀하게 사주를 본다던데, 이런 그림책 말고 그런…"

내 말이 끝나기도 전에 남자의 표정이 서늘하게 굳어졌다.

"AI가 운명의 결을 어찌 압니까. 그저 입력된 데이터나 되풀이하는 기계일 뿐이죠. 사주는 흐르는 명(命)을 읽는 철학입니다. 이 당사주만큼 직관적이고 정확한 예견은 없습니다."

그는 다시 그림 속의 물줄기를 손가락으로 가리켰다.

"여기 강줄기 보이시죠. 이 굵고 긴 흐름이 곧 재운입니다. 아드님은 태어날 땐 초라하고 약했으나, 장차 기운이 뻗어 나가 큰 재물을 거머쥘 사주예요."

부정하고 싶으면서도 마음 한구석이 묘하게 달아올랐다. 아들이 법조인이 될 사주라는 말보다, '재운이 따른다'는 세속적인 축복이 더 끈적하게 마음을 잡아당겼다. 남자가 다음 장을 넘겼다. 거기에는 꽃이 만발한 정원에서 그림을 그리고 있는 여자아이가 그려져 있었다.

"따님은 예체능 쪽이군요. 화가(畵家)의 기운입니다."

나는 잠시 망설이다 조심스레 입을 뗐다.

"혹시… 이 아이가 손에 방울을 들고 태어났다거나, 어떤 신기(神氣) 같은 건 없나요?"

남자가 한쪽 눈썹을 치켜올리며 코웃음을 쳤다.

"그런 저급한 미신에 휘둘릴 필요 없습니다. 따님은 붓끝으로 세상에 이름을 떨칠 겁니다. 미술을 전공시키고, 이름도 그 기운에 맞게 바꾸는 게 좋겠군요."

그는 잠시 허공을 응시하며 고심하더니 붓을 들었다.

"'세영(世榮)'이 좋겠군요. 세상을 밝힐 귀한 사람이라는 뜻이니."

나는 가만히 고개를 저었다. 이왕 예술가로 대성할 팔자라면, 세영이라는 이름은 어딘가 심심하고 부족해 보였다. 순간 수천 가지의 이름이 머릿속을 어지럽게 스쳐 지나갔다. 그러다 문득 실소가 터져 나왔다.

'내가 지금 여기서 무얼 하고 있는 거지?'

불신하면서도 어느새 남자의 입술 끝에 매달려 허둥대고 있는 나 자신이 낯설고도 기괴하게 느껴졌다.

아이들은 자라면서 철학관 남자가 호언장담했던 운명의 기미를 좀처럼 드러내지 않았다. 입시라는 거센 물살 속에서 아이들은 그저 평범하고 위태로운 표류자로 남았을 뿐이다. 해마다 치열해지는 경쟁 속에서 성적표의 숫자는 아이들의 미래를 미리 선고받은 형량처럼 암담하게 짓눌렀다. 법대도, 미대도 그 성적으로는 턱없이 부족해 보였다. 나의 기도는 갈수록 독해졌다. 아침저녁으로 절을 찾아 무릎이 까져 진물이 날 정도로 절을 올리고 발원문을 외웠다.

— 이 아이들은 헤아릴 수 없는 인연의 겁을 거쳐 제 품에 온 생명입니다.

부디 마음의 평안을 잃지 않고 학업에 전념하여 지혜가 밝아지기를,

불보살님의 자비가 이 아이들의 앞길을 굽어살피시기를.

법당 바닥은 늘 얼음처럼 차가웠다. 겨울이면 무릎 아래의 감각이 통째로 사라졌고, 삼천 배를 올릴 때마다 관절 마디마디가 마른 나무처럼 서걱거렸다. 내게 다른 욕심은 없었다. 그저 아이들이 남자가 예언한 그 길에 단 한 걸음이라도 가까워지기를 갈구할 뿐이었다. 그러나 절을 찾는 수많은 부모의 염원은 모두 나와 같았다. 누군가의 자식이 넘어져야만 내 아이가 한 발 앞으로 나아갈 수 있는 비정한 구조. 모의고사 결과가 나올 때마다 나는 내 아이의 점수보다 남의 집 귀한 자식들의 성적을 먼저 캐물었다. 그럴 때마다 아들이 진저리를 치며 화를 냈다.

“그만 좀 하세요. 엄마는 단 한 번도 만족하는 법이 없지만, 저는 정말 죽을힘을 다했다고요.”

그 말을 들을 때면 가슴이 에이듯 아팠다. 하지만 이내 독기를 품고 이 점수로는 절대 안 된다며 아이를 다그쳤다. 곁에서 시어머니가 한술 더 떠 거들었다.

"자식의 성공은 어미의 능력에 달린 게야. 더 세게 몰아붙여라."

그해 겨울, 아들은 간신히 목표했던 대학에 턱걸이로 합격했다. 내가 비로소 안도의 미소를 짓자, 시어머니가 내 어깨를 툭 치며 서늘하게 속삭였다.

"이제 겨우 시작이다. 대학은 과정일 뿐이야. 서둘러 로스쿨 준비시켜라."

실기 시험을 병행하던 딸은 결국 입시에 실패해 재수학원으로 향했다. 그럼에도 시어머니의 시선은 오직 아들에게만 고정되어 있었다.

"애먼 데 힘 빼지 말고, 아들 앞길 단속하는 데나 전념해라."

돌아보면 내 삶에 정작 '나'는 존재하지 않았다. 늘 삶의 최전선은 아이들의 몫이었고, 집안의 대소사는 시어머니가 앞장서서 휘둘렀다. 나는 알고 있었다. 일곱 번이나 고시에 도전하고도 끝내 낙방했던 아들을 둔 어머니가, 자신의 무너진 꿈을 손자에게 투영해 다시 세우려 하는 그 지독하고 집요한 열망을. 그것은 결코 위로나 격려가 아니었다. 대물림되는 욕망이 만들어낸 또 하나의 견고한 굴레였다. 나는 그 사실을 뻔히 알면서도 벗어나지 못했다. 그 굴레를 벗어던지는 순간, 아들의 손을 놓아버리는 순간, 나 역시 시어머니처럼 속절없이 무너져 내릴 것만 같았기 때문이다.

창밖으로 고개를 돌린다. 아직 날개조차 펴지 못한 새끼들이 서로의 온기에 의지해 몸을 비비며 울어댄다. 그 가냘픈 울음소리가 오래전 품에 안았던 아이들의 기억을 날카롭게 불러온다. 문득 추락하던 꿈속의 검은 새가 다시 뇌리를 스친다. 하늘을 가르던 파열음, 사방으로 흩어지던 검은 깃털, 시야를 짓누르던 어둠.

대체 누가 그 새를 쏘았을까. 둥지 속의 어린 생명들은 연약한 몸뚱이 하나로 용감하게 세상의 비바람과 맞서고, 어미와 아비는 그저 묵묵히 지켜볼 뿐이다. 그러나 나는 아이들 앞에 불어오는 거친 바람을 단 한 점도 허락하지 않았다. 스스로 일어설 힘이 생기기도 전에 늘 먼저 달려가 막아주었다. 어리석게도 그것이 부모로서 마땅히 해야 할 도리라고 믿으면서.

일을 보고 집으로 돌아온 나는 탈진한 듯 소파에 몸을 눕혔다. 그때 정적을 깨고 휴대폰 전화가 진동했다. 화면에 아들의 이름이 선명하게 떴다. 졸업 후 학교 근처 오피스텔에서 시험 준비에 매진하느라 연락이 뜸했던 터라, 나는 벌떡 몸을 일으켰다. 그러나 찌릿하게 전해오는 무릎 통증 탓에 곧장 받지 못하고, 몇 번의 진동이 더 지나간 뒤에야 간신히 통화 버튼을 눌렀다. 수화기 너머로 아들의 거친 숨소리가 쏟아져 들어왔다. 규칙이 산산조각 난 호흡. 폐 안쪽을 날카로운 갈퀴로 긁어대는 듯한 그 소리는 생전 처음 들어보는 비정상적인 기척이었다.

"왜 그래… 무슨 일이야?"

침묵이 고였다. 그 침묵이 팽팽하게 길어지는 동안, 나는 본능적으로 무언가 돌이킬 수 없이 잘못되었음을 직감했다.

"…준하가… 옥상에서… 뛰어내렸어요."

순간, 흐르던 시간이 그 자리에 정지했다.

"준하가… 왜…?"

아들과 함께 도서관에서 로스쿨 입시를 준비하던 준하가 대체 왜. 바늘로 찌르는 듯한 소름 끼치는 통증이 등줄기를 빠르게 훑고 지나갔다. 총탄에 맞아 허공에서 꺾여 추락하던 그 검은 새. 그 비명 섞인 형상이 준하였을까. 아니면? 손에서 미끄러진 휴대전화가 바닥으로 힘없이 떨어졌다. 입술을 달싹여 보았지만 끝내 소리가 되어 나오지 않았다. 평소 믿지도 않던 신들의 이름이 머릿속을 스쳐 갔으나, 그 어떤 이름도 감히 부를 수 없었다. 어깨가 격렬하게 들썩였고 온몸이 사시나무 떨듯 떨려왔다. 그 경련은 아주 오랫동안 멈추지 않았다.

준하는 초등학교 때부터 아들과 대학까지 함께 다닌 단짝이었다. 성품도, 성적도 어느 것 하나 흠잡을 데 없는 아이. 한 집안의 기대를 온몸에 짊어지고 서 있던 그 빛나던 아이가 왜 스스로 생을 놓아버렸는지, 나는 오열하는 준하 부모에게 끝내 묻지 못했다. 장례식장에서 준하의 아버지는 되려 내 아들의 어깨를 부서질 듯 움켜쥐고 포효했다.

"왜 우리 준하가 그런 선택을 했니? 너는 알 거 아냐. 제일 친한 친구였으니."

아들은 고개를 떨군 채 유령처럼 힘없는 목소리로 대답했다.

"…몰라요. 아무것도 몰라요."

그 질문은 내 아들에게 던질 것이 아니었다. 준하의 아버지, 그 절규 섞인 물음은 정작 아버지인 그 자신이 알고 있어야 했다. 그 모진 물음이 내 아들의 마음에 어떤 납덩이 같은 무게로 남을지, 그는 알지 못하는 듯했다. 꿈은 기어이 현실의 살갗을 뚫고 돋아났다. 그렇다면 또 어떤 비극이 예비되어 있을지 두려움이 엄습했다.

그해 봄, 나는 공부에 지친 준하와 아들을 잠시 쉬게 해주고 싶어 같이 영화를 보러 간 적이 있었다. 저녁 식사 자리에서 내가 격려하듯 말했다.

"조금만 더 힘내자. 이제 거의 다 왔어."

말없이 스테이크를 썰던 준하. 모든 것이 완벽해 보이던 그 아이에게 달리 해줄 말이 없어 나는 외모를 칭찬했다. 적당히 색이 바랜 청바지와 깨끗한 하얀 니트, 투명하게 빛나던 운동화. 190cm가 넘는 키의 아이는 잡지 속 모델처럼 환하게 빛났다.

"준하야, 너 정말 멋지다."

준하는 조용히, 그러나 시리도록 맑게 웃었다. 그 웃음이 마지막 인사가 될 줄은 꿈에도 몰랐다. 화구(火口)의 불길 속으로 무력하게 사라지는 준하의 육신을 보며 나는 처참하게 깨달았다. 죽음의 불길 앞에서는 그 어떤 유려한 말도, 간절한 기대도 의미가 없다는 것을.

준하가 남긴 마지막 메시지는 살아남은 이들의 가슴에 가시처럼 박혔다.

— 그냥, 고통 없는 세상으로 날아가고 싶어. 훨훨. 미안하다, 친구야.

'훨훨.' 그 단어가 그 아이의 말처럼 정말 깃털같이 가볍기만 했을까. 봉안당에서 집으로 돌아오는 길, 나는 꿈속 새의 울음을 떠올렸다. 어둠 속에서 추락하며 지르던 그 처절한 비명. 그것은 준하가 마지막으로 세상에, 아니 어쩌면 내게 내밀었던 유일한 구원의 신호가 아니었을지.

여덟 개의 알 가운데 일곱 개가 부화했고, 하나는 끝내 단단한 껍질을 벗어던지지 못했다. 부모의 지극한 정성과 기다림도 생명의 문턱만큼은 대신 건너줄 수 없었나 보다. 사랑조차 생의 냉엄한 흐름 앞에서는 그저 한 발 물러설 뿐이다. 어미 새는 그 섭리를 이미 아는 듯, 제 몫의 온기를 다한 지점에서 미련 없이 멈춘다. 더 붙잡으려 애쓰지도, 억지로 무언가를 더 주려 하지도 않는다.

그에 반해 나는 어떠했나. 오직 성과로만 가치를 재단하고 경쟁을 삶의 본질이라 여기며, 아이들이 제 힘으로 날갯짓하려는 찰나마다 앞장서서 그 길을 막아섰다. 준하의 비극적인 떠남 역시 나의 그 지독한 간섭과 과욕이 빚어낸 연장선 위의 아픔은 아니었을까.

아들의 책상 위에는 두꺼운 수험서들이 먼지를 뒤집어쓴 채 방치되어 있다. 도서관으로 향하던 발길도 끊겼다. 친구의 마지막을 붙잡지 못했다는 부채감이 아들의 숨통을 조이고 있는 듯했다. 준하의 죽음은 계절이 바뀌어도 좀처럼 녹지 않는 잔설(殘雪)처럼 아들의 가슴속에 박혀 영영 사라지지 않을 것만 같아 두려웠다. 그런데 무슨 결심이라도 한 것인지, 아들이 할 말이 남은 학생처럼 몸을 잔뜩 움츠린 채 창가에 서 있었다.

"왜 그래…?"

다가가 물어도 아들은 좀처럼 입을 열지 않았다. 퇴근한 남편이 다시금 부드럽게 재촉하자, 그제야 아들은 오랫동안 벼려온 말인 듯 무겁게 입술을 뗐다.

"로스쿨 시험… 안 치겠습니다. 늦었지만, 이제라도 제 진짜 삶을 찾아보고 싶어요."

나는 당혹감에 남편을 돌아보았다.

"얘가 지금 무슨 소리를 하는 거예요?"

남편 역시 멍한 얼굴로 아들에게 되물었다.

"구체적으로 무얼 하겠다는 거니?"

아들이 깊은 한숨을 뱉었다. 획일적인 트랙, 숨 막히는 경쟁과 규율, 이미 정해진 답만을 요구하는 법의 세계가 자신과는 도저히 맞지 않는다고 했다. 그래서 이제 그만 멈추겠노라고. 자신이 진정 무엇을 좋아하는지조차 생각해 본 적이 없어 당장은 잘 모르겠지만, 이제부터라도 그것을 찾아보겠노라고 말했다.

"안 돼."

나는 짧고 단호하게 잘라 말했다.

"여태껏 쏟아부은 공이 얼마인데, 한순간 기분으로 진로를 바꾼다는 게 말이 되니? 여기까지 와서 대체 왜 이러는 거야."

머리로는 아이를 이해해야 한다고 되뇌었지만, 입에서는 독한 말들이 화살이 되어 먼저 튀어나왔다. 그러나 아들은 예전처럼 흔들리지 않았다. 그 순간, 머릿속으로 철학관에서 보았던 그 삽화가 스쳤다. 관복을 입고 붓을 든 채 관모를 쓰고 있던 미래의 환영. 나는 그 화려한 허상에 속아 내 인생과 아이의 시간을 통째로 바쳐온 것인가. 아들도 내가 어떤 마음으로 살아왔는지 모르지 않을 텐데.

"…그런 건 일단 로스쿨 졸업하고, 변호사가 된 다음에 해도 되잖니."

내 목소리가 젖은 나뭇잎처럼 떨렸다.

"그땐 너무 늦어요, 엄마."

아들의 목소리는 낮았지만, 주관이 뚜렷했다.

"이건 제 인생이에요."

"네 인생이 곧… 아빠와 엄마의 인생이기도 해. 제발 다시 생각해 봐."

무거운 침묵이 거실을 채웠다. 아들은 숨을 고른 뒤, 아주 천천히, 그러나 또렷한 어조로 마지막 말을 던졌다.

"저는… 준하처럼 하늘로 날아오를 용기가 없어요. 그래서 이 지상에서, 제가 살아갈 제 길을 찾고 싶을 뿐이에요. 제발 저를… 놓아주세요."

제 길을 가고 싶다니. 아들이 갈구하던 비상은 내가 그토록 바라던 화려한 비상이 아니었나 보다. 그것은 준하가 마지막으로 선택했던, 다신 돌아오지 못할 비상과 종이 한 장 차이로 맞닿아 있었다. 모든 것을 내려놓고 손을 놓아야 할 사람은 아들이 아니라 바로 나 자신이라는 사실을, 그제야 뼈저리게 깨달았다. 철학관의 예언, 로스쿨, 판·검사라는 허황된 목표. 그 모든 것이 나 스스로가 만들어낸 견고한 감옥이었다는 절망감에 무릎이 꺾였다. 나는 아들을 바라보았다. 눈물이 뺨을 타고 쉴 새 없이 흘러내렸지만, 굳이 닦지 않았다. 닦는다고 해서 멈출 눈물이 아님을, 내 생의 오독(誤讀)이 그만큼 깊었음을 알았기에.

물까치들의 날카로운 울음소리가 아파트 단지 전체를 압도하듯 뒤덮었다. 남편과 나는 숨을 죽인 채 창밖의 광경을 응시했다. 수십 마리의 물까치 무리가 벚나무를 구심점 삼아 거대한 원을 그리며 선회하더니, 보이지 않는 신호라도 받은 듯 한순간에 흩어졌다 다시 모이기를 반복했다. 그 역동적인 움직임은 혼란이라기보다 비장한 결의를 품은 성스러운 의식처럼 보였다. 소란에 놀란 관리실 직원들이 뛰쳐나오고, 주민들에게 외출 자제를 당부하는 안내 방송이 다급하게 울려 퍼졌다. 그러나 새들은 인간의 소동 따위는 아랑곳하지 않았다. 집단적 비행은 한 시간 가까이 휘몰아치다, 팽팽하던 매듭이 일순간 풀리듯 고요하게 잦아들었다. 새들은 각자 선택한 방향을 향해 푸른 하늘 속으로 점점이 흩어져 사라졌다.

잠시 후, 관리실에서 조금 전과는 사뭇 다른 어조의 안내 방송이 흘러나왔다.

"주민 여러분, 방금 우리 아파트 벚나무에 둥지를 틀었던 물까치들의 이소가 시작되었다고 합니다. 조금 전의 소란은 새끼들의 첫 비상을 응원하고 축하하는 무리의 집단 행사였다고 하네요. 허허, 우리도 축하해주자고요."

방송이 잦아든 평온한 오후, 둥지 안에서 솜털이 부스스한 새끼 한 마리가 천천히 몸을 일으켰다. 가늘게 떨리는 어린 날개가 허공을 더듬더니, 위태롭게 둥지 밖으로 가느다란 발 하나를 내디뎠다. 나는 두 손을 가슴 앞에 모은 채 그 경이로운 움직임을 숨죽여 지켜보았다. 그리고 나도 모르게 혼잣말을 내뱉었다.

"그래… 힘내라."

그 말은 입시라는 가혹한 문턱 앞에 선 아이들에게 내가 수도 없이 던졌던 말이다. 하지만 그때의 말과 지금의 말은 그 무게와 결이 전혀 달랐다. 어미와 아비 새는 새끼의 입에 조심스레 먹이를 넣어줄 뿐, 결코 재촉하거나 등을 떠밀지 않았다. 그저 묵묵히 곁을 지키며 스스로 움직이기를 기다려 줄 뿐이었다. 그 깊은 신뢰가 새끼의 발끝을 기어이 둥지 밖으로 이끌어냈다. 한 마리, 그리고 또 한 마리. 그러나 모든 새끼가 약속된 순간에 동시에 둥지를 벗어나지는 못했다. 같은 날, 같은 둥지에서 태어났을지라도 떠나는 시간은 저마다의 속도대로 달랐다. 여덟 개의 알 가운데 하나는 끝내 껍질을 깨지 못했고, 또 한 마리는 서툰 날갯짓 끝에 추락하여 짧은 생을 마감했다. 남은 여섯 마리는 각자의 시차를 두고 비로소 하늘로 몸을 날렸다. 둥지는 영원히 머무를 자리가 아니라고, 이제는 네 바람을 타고 날아야 한다고 어미 새가 깃을 비비며 속삭이기라도 한 것일까. 나는 그 뒷모습을 보며 경련하듯 입술을 떨었다.

"…미안해."

그 고백이 누구를 향한 것인지 나조차 명확히 정의할 수 없었다. 그것은 아들을 향한 참회이자, 준하를 향한 애도였으며, 욕망에 눈멀어 삶을 오독했던 나 자신을 향한 비명이기도 했다. 새끼들은 차례로 정든 둥지를 떠나갔다. 광활한 하늘은 넓은 품을 열어 그 어린 비상들을 기꺼이 받아들였고, 새들은 그 품 안에서 비로소 제 이름으로 된 첫 도약을 시작하고 있었다.

집 안 곳곳에는 짙은 어둠을 닮은 외로움이 웅크리고 있다. 아들은 그간 공부 때문에 미뤄왔던 병역 의무를 다하겠다며 지난 2월 입대했다. 주인을 잃은 방에는 오래 묵은 정체된 공기의 냄새가 남아 있다. 어학연수를 떠난 딸의 방에는 성숙해진 여인의 향내가 희미한 흔적으로 깃들어 있다. 딸은 떠나던 날, 마음 깊이 눌러왔던 고백을 가시처럼 남겼다.

"엄마, 나 그림 그리는 거… 단 한 순간도 행복하지 않았어요."

아이들이 떠나고 나서야 나는 비로소 가감 없는 내 자신과 마주한다. 모나고, 각지고, 편협하며, 독선적이기까지 했던 서슬 퍼런 어미의 얼굴.

— 자식은 부모의 소유물이 아니라고요.

— 나를 판·검사로 만들고 싶었던 건, 결국 엄마의 욕심이었잖아요.

— 그림을 그리고 싶었던 건, 엄마의 못다 이룬 꿈 아니었나요?

환청처럼 들려오는 아이들의 물음에 나는 아무 대답도 할 수 없었다. '너희를 위해서였어'라는 비겁한 변명이 혀끝을 맴돌다 힘없이 가라앉았다. 무엇이 잘못되었는지 알 것 같으면서도, 정작 무엇을 놓쳤는지는 여전히 안갯속이었다. 시간이 흐를수록 나는 부쩍 말이 줄었다. 남편과의 대화도, 평생을 매달려온 글을 쓰는 일조차 버거워졌다. 아이들이 갈망하던 진짜 삶을 끝내 지켜주지 못했다는 회한이 수시로 가슴팍을 할퀴고 지나갔다.

어느 날 저녁, 남편이 말했다.

"물까치 부부는 새끼들이 떠나고 나면, 그것으로 모든 책임이 끝

났다고 여기고 각자의 길로 돌아간대."

"그러고 나서는요?"

"내년에는 또 새로운 짝을 만나 새로운 생을 시작하는 거지."

남편은 옅은 미소를 지었지만, 나는 차마 웃지 못했다. 새로운 사랑이라니. 새들이 떠난 지 벌써 석 달이 지났건만, 나는 여전히 그들의 빈자리가 그립다. 아니, 아들과 딸의 온기가 사무치게 그립다. 남편은 물까치가 귀소 본능이 강한 새라 언제고 다시 돌아올 거라며 나를 다독였다. 장성한 새끼들이 제 짝을 만나 다시 이 벚나무로 날아올지도 모른다고.

"우리 아이들도 언젠가 그러겠지."

나는 속으로 생각했다. 돌아오지 않아도 괜찮다고. 이소(離巢)는 떠남이 아니라, 비로소 시작되는 단독자로서의 시작이라고.

*

나는 오랜만에 책상 앞에 앉아 컴퓨터를 켠다. 끝내 송고하지 못한 원고가 모니터 속에 잠들어 있다. 원고를 재촉하던 편집장의 목소리, 남편의 응원, 그리고 준하가 남긴 마지막 유언이 파노라마처럼 겹쳐 지나간다. 하지만 자판 위에 올린 손끝은 예상외로 가볍다. 나는 오랜만에 새 소설의 제목을 조심스럽게 적어 본다.

— 그들의 이소(離巢)

깜박이는 커서를 응시하며 작은 목소리로 뇌어본다.

“서두르지 않아도 돼. 더는 누군가에게 보이기 위한 글을 쓸 필요는 없어.”

하얀 화면 위로 아직 쓰이지 않은 진실한 문장들의 날갯짓이 보인다. 이제 더는 돌아갈 둥지는 없다. 그러나 눈앞에 펼쳐진 끝없는 허공은 결핍이 아니라 내가 개척해야 할 무한한 영토이다. 나는 비로소 타인의 시선에서 벗어나, ‘나’라는 문장 속으로 깊이 침잠하기 시작한다.

나는 이제, 소설의 첫 글자를 누를 참이다.

무대가 열리고 불이 들어오면

영광행 버스를 타기 위해 너는 센트럴시티 터미널로 들어선다. 막 도착한 버스에서 내린 사람들이 분주히 네 곁을 스쳐 지나간다. 발끝에는 플루트와 오보에가 주고받는 아르페지오 선율이 머물다 흩어진다.

그리그의 〈아침의 기분(Morning Mood)〉.

안개처럼 퍼지는 클래식의 숨결이 터미널 높은 천장에 엷게 걸리고, 도시의 소음과 뒤섞이며 번잡한 아침을 부드럽게 정돈한다. 버스를 기다리는 사람들은 무표정한 얼굴로 휴대전화 속 세상에 침잠해 있다. 그때 커다란 배낭을 멘 남자가 사람들 틈을 비집고 들어서다 너와 어깨를 부딪친다.

"죄송합니다."

너는 짧은 사과를 뒤로하고 숨을 고르며 주위를 둘러본다. 서울에서 세 시간 반쯤 남쪽으로 달리면, 풍부한 일조량과 하늬바람이 소금을 빚어내는 도시, 영광이 있다. 너는 그곳에 가기 위해 버스에 오른다. 버스 앞 유리에는 '영광·무안'이라는 목적지가 견고한 서체로 붙어있다.

"마지막 공연에는 꼭 내려와야 해요."

피디의 전화는 짧았지만 단호했다. 처음 공연 장소가 영광으로 확정되었을 때, 너는 단 한 번도 가본 적 없는 그 도시의 이름이 낯익게 다가왔다. 영광? 고개를 갸웃하다가 이내 자그마한 웃음이 터졌다. 영광 알배기 굴비. 어머니는 노란 기름이 도는 굴비를 넉넉히 구워 상에 올리는 날이면, 사이가 벌어진 앞니 사이로 말이 새나가지 않도록 입술을 야무지게 오므리고 그 말을 덧붙이곤 했다.

"야가 영광서 온 그 유명한 진짜 알배기여유. 넉넉하게 구웠응게, 다들 실컷 먹어봐유."

짭짤하고 고소한 그 살점은 입에 넣기가 무섭게 아이스크림처럼 녹아내렸다. 굴비 그릇 위로 동생들의 젓가락이 전쟁이라도 치르듯 쉴 새 없이 오갔고, 불 앞에서 땀에 젖은 어머니의 이마에는 하얀 소금기가 서늘하게 비쳤다. 할머니 맞은편에 앉아 소주잔을 기울이던 아버지는 "오늘이 무슨 잔칫날인 겨?" 하며 호탕하게 웃었다. 몇 개 남지 않은 치아로 굴비 등잔등을 정성스레 뜯던 할머니는 손가락에 비린내가 배는 줄도 모른 채 맞장구를 쳤다.

"그러게나 말여, 이놈이 아주 징한 밥도둑이구먼."

그때부터 영광은 너에게 결코 낯선 도시가 아니었다. 어떤 밤에는 굴비가 떼 지어 영광 앞바다를 은빛으로 헤엄치는 꿈을 꾸기도 했다. 이제는 굴비를 구워줄 어머니도, 굴비 뱃살을 발라주던 할머니도, 술기운에 육자배기 한 가락을 뽑아 올리던 아버지도 모두 세상을 떠났다. 그러나 그날의 풍경만큼은 너의 가슴골 곳곳에 지워지지 않는 소금꽃처럼 박혀 있다.

고향을 떠나온 지도 어느덧 수십 년. 그런데도 영광이라는 이름을 듣는 순간 네가 가장 먼저 떠올린 건 언니도, 동생도, 심지어 어머니의 얼굴도 아닌 '굴비'였다. 너는 한 치의 망설임도 없이 피디에게 답했다.

"내일 아침 고속버스로 내려갈게요. 굴비 먹으러."

버스는 정확히 오전 열한 시, 터미널을 벗어났다. 스물여섯 좌석이 모두 만석이었다. 예매하지 않았다면 너는 버스를 타지 못했을 거다. 보통은 4번 좌석을 예매하면 5번 좌석은 비어 있어 덤처럼 가방을 올려두곤 했다. 그러나 오늘은 달랐다. 5번 좌석에는 이미 한 아주머니가 앉아 있었고, 네가 예매한 4번 좌석에는 아주머니의 여행가방이 놓여 있었다.

"어머, 요 자리가 여그 분 자리였는가 보네. 아이고, 미안시러워라. 근디 워디까지 가시까잉?"

"영광요."

"아이고야, 영광까지? 나는 거그서 한 시간 더 들어가는 무안까지

가요. 친정이 그짝이라, 한 해에 몇 번씩은 내려가제."

아주머니의 말투에는 전라도 특유의 눅진한 억양이 배어 있었다. 잘 익은 장 냄새가 밴 장독에서 풍기는 듯한 그의 말은 어머니와 할머니가 쓰던 충청도 사투리보다 훨씬 찰지고 진한 말맛이 있었다. 버스가 고속도로로 올라서자, 아주머니는 기다렸다는 듯 전화를 건다. 스피커폰을 통해 들리는 목소리는 동생이거나 오랜 친구인 듯하다.

"나 시방 무안으로 나갈 채비하고 있어야. 시장부터 들렀다 터미널로 갈팅게, 눈 좀 붙이며 오드라고. 세 시는 훌쩍 넘어야 도착할거구먼."

"그랴잉. 터미널서 보자잉."

너는 창밖으로 시선을 돌린다. 어느새 도심의 회색 덩어리들은 사라지고, 햇빛에 반짝이는 논과 밭이 설렘처럼 스쳐 지나간다. 그러나 그 설렘은 오래가지 못한다. 문득 객석이 텅 빈 무대가 떠오른 탓이다. 만약 관객이 들지 않는다면? 배우는 객석이 비면 연기할 의욕을 잃는다고 했다. 너는 밀려드는 한기 때문에 가방에서 스웨터를 꺼내 걸친다. 피로와 걱정이 한꺼번에 몰려오자 감기가 올 것처럼 몸이 무겁다. 창밖으론 키 큰 전봇대들이 오선지 위 음표처럼 다가왔다 멀어진다. '나는 지금 인생의 어디쯤을 지나고 있는 걸까?' 엉뚱한 의문이 고개를 든다. 몸살기가 찾아올 때면 어김없이 도지는 우울이다. 너는 스웨터 후드를 머리끝까지 눌러쓰고 낮게 한숨을 내뱉는다.

"거그는 추운갑네잉. 나도 쪼깨 서늘허긴 허구만. 요즘 같은 복더위에 개도 안 걸린다는 감기 걸리믄 안 되제."

아주머니가 몸을 일으켜 에어컨 바람 방향을 돌리더니 기사에게 찬바람을 줄여달라고 소리친다.

"근디 영광 간다 했지라? 거그 가믄 굴비는 꼭 묵어야 혀요. 알배기 굴비 말이여. 그거 한 마리 딱 뜯으믄 감기 갸가 허벌나게 도망가 버리고 말 거이구먼."

너는 쿡, 웃음이 터진다. 감기에 굴비라니.

"정말요? 굴비 먹으면 감기가 달아나요?"

"그러지라! 갸가 밥도둑 아니요. 아무리 독한 감기라도 밥심에는 당할 재간이 없응게."

아주머니가 한쪽 눈을 찡긋한다.

"영광은 시방 처음 가는 가베?"

"네."

"그러쿠만. 영광이 말이여, 굴비만 유명헌 줄 알제? 아니여. 천일염도 허벌나게 잘 나와 불어. 바닷바람이 짭짤허니 불어주제, 햇님은 또 겁나게 비춰주제. 그렇게 얻은 영광 소금으로 간을 딱 맞춰야 굴비 갸가 맛있는 법이여. 요새는 서울 사람들도 소금 사러 영광까지 많이들 온다 안 합디요."

아주머니는 손짓까지 보태며 영광 자랑을 이어간다.

"굴비는 말이여, 말릴 때 손이 겁나게 많이 가요. 비늘 치고, 내장 털어내고, 소금 간도 맞춰야제. 그런 다음 바람 좋은 데다 걸어둬야 쫘악 말라부러. 근디 햇빛이 너무 세도 안 좋고, 바람이 너무 차도 못 써… 참말로 까다로운 생선이여. 그렇게 정성을 들여야 진짜배기 밥도둑이 되는 것이제."

"어릴 때 어머니가 자주 구워주셨어요. 할머니도 항상 그러셨죠. 이놈은 밥도둑이라고요."

"그라지라. 굴비 한 마리면 밥 두 공기 뚝딱하는 건 식은 죽 묵기지라. 울 서방님도 그리 말했지라. 굴비만 구워놓으믄 젓가락으로 등짝을 쓱 떠갖고 밥 위에 올려서는 허허 웃던 양반이었는디…."

아주머니는 잠시 창밖을 보더니 목소리를 낮춘다.

"근디… 그 양반이 작년에 가부렀어. 억세게 울었제. 살아 있을 적엔 굴비 굽는 것도 귀찮고 냄새 밴다고 투덜대기도 많이 혔는디, 막상 가고 나니께 굴비 묵던 그 입도 그립고 잔소리도 워찌 그리운지. 사람 마음이 참말로 우습제?"

그 말을 듣고 나니 너 역시 어머니 생각에 가슴이 저릿해진다.

"암튼 오늘 영광 가믄 굴비 한 마리 묵어보소. 영광 읍내 시장 가믄 '박씨네 굴비'라고 있소. 그 집 것이 혀에 착착 감긴당께. 나는 무안 내려갈 때마다 꼭 서너 두릅씩 사 오지라."

"그럴게요."

"그라제. 공연 끝나고 시장 구경도 꼭 해보소. 타지 가믄 시장 구경이 젤로 큰 구경거리 아니겄소. 굴비는 말이여, 구워 묵어도 좋지만 가시 발라갖고 밥에 쓱쓱 비벼 묵으믄 아주 죽여줘잉. 여그 사람들은 굴비 잘게 찢어갖고 고추장에 쓱쓱 비벼 묵기도 허는디, 그게 술안주로도 기가 막혀부러."

너는 말만 듣고도 입맛이 다져졌다. 어쩌면 말을 이리도 맛깔나게 할 수 있을까. 낯선 이에게도 스스럼없이 속내를 내어주는 이 정은 또 무엇일까.

"연극 한다고 했지라? 대단허요. 우리 딸년도 젊을 적엔 배우 한다고 부산까지 기어가서 고생을 허더니… 결국은 그냥 시집가불었소."

너는 '연극'이란 말에 쑥스러워 고개를 숙인다.

"공연 잘될 거잉께 괜히 걱정허지 마소. 여그 남도 사람들은 죄다 예능인 아니요. 아, 춘향이 이도령 갸들도 열여섯 살 묵었을 때 남원 광한루에서 눈 맞아갖고 할 짓 못 할 짓 다 해부렀는디, 그것도 다 똘끼가 있어서 그런 거 아니겄소. 여그 사람들은 어려서부터 소리도 잘 허고 사랑도 녹진하게 잘항게, 연극도 잘만 허믄 꼭 성공할 것이여. 정성 들여 만든 건 누가 봐도 알아보는 법이지라. 객석이 쪼깨 빈다고 기죽을 것도 없고잉."

그 말에 너는 마음이 한결 가벼워진다. 아주머니는 마치 오래 알고 지낸 친구와 여행이라도 하는 것처럼 쉬지 않고 말을 건넨다.

"암튼 영광 가믄 굴비는 꼭 묵고 가소. 내가 영광서 내리믄 굴비

한 마리 사줄 수도 있는디… 오늘은 무안서 약속이 있어갖고 아쉽구만잉."

"네, 꼭 먹을게요."

유리를 통해 날아든 햇빛 한 조각이 너의 무릎 위에 그림자를 만든다. 옆자리 아주머니의 손길처럼 온기 어린 빛. 버스는 어느새 논과 들판이 끝없이 펼쳐진 호남평야 한가운데를 가로지르고 있었다.

*

서울에서 막을 올린 연극이 지방 무대까지 굽이굽이 돌게 된 건, 순전히 할머니 덕분이라 너는 생각한다. 죽은 자는 후손을 돌보는 일에 지독한 집념을 갖는다고 하지 않던가. 생전의 할머니는 자식 사랑이 유별나고 극성스러웠던 분이다. 고관절이 망가져 제 발로 걷지 못하게 된 할머니를 요양병원에 모신 뒤, 너는 어머니와 함께 3년 세월을 오가며 병상 일기를 적었다. 그 눈물겨운 기록이 소설이 되었고, 운 좋게 드라마를 거쳐 다시 연극 무대에 올랐다.

이야기는 할머니가 병실 침대에 기대앉아 짐승처럼 내지르던 역정에서 시작된다.

"나는 농약에 밥 말아 묵고 죽을망정 요양원에는 절대 안 간다."

평생 지켜온 집을 두고 밖에서 명을 다하는 건 객사(客死)라고 울부짖던 할머니. 그런 할머니를 기어이 병원에 떨구고 돌아오던 날,

어머니와 아버지는 밤을 눈물바람으로 지새웠다. 연극을 본 관객들은 할머니의 그 모진 말에 저마다의 가슴을 치며 공감한다. 자신의 마지막을 미리 보는 듯 몰래 눈물을 훔치기도 한다. 고령 인구 천만 시대를 앞둔 오늘, 노인 문제는 개인의 비극을 넘어선 잔혹한 사회적 풍경이다. 자손이 없거나, 있어도 돌봄을 기대하기 어려운 노인들이 시설로 향하는 것을 여전히 곱지 않은 시선으로 보는 이들도 있다. 하나 어쩌랴. 노인은 지극한 돌봄이 필요하고, 자식들은 저마다의 생을 버텨내느라 하나같이 분주한 것을.

할머니는 집 안의 그 낮은 문턱 하나를 끝내 넘지 못하고 고꾸라져 넓적다리뼈가 바스러졌다. 할머니는 그것을 노쇠한 자신 탓이 아니라, 저승사자가 심술궂게 발을 걸어 넘어뜨린 것이라 우겼다.

"내가 아무리 나이를 많이 먹었기로, 그까짓 문턱 하나 못 넘어서 자빠졌겄냐? 필시 그 검정 갓 쓴 놈이 내 발목떼기를 걸어갖고 자빠뜨린 거여. 참말이라닝께."

할머니는 그 말을 주문처럼 끊임없이 되풀이했다. 노인들에겐 언제든 일어날 수 있는 서글픈 사고였다.

연극 속 주인공 '미소 할매'는 밤마다 침상 곁을 서성이는, 검은 모자를 눌러쓴 남자의 환영을 본다. 그날부터 할매는 그가 자신을 데리러 온 저승사자라 믿었다. 그런데 정작 죽음의 문턱에서 마주한 그는 저승사자가 아니라, 오래전 세상을 뜬 남편이었다. 아내의 외로운 저승길을 홀로 보내지 않으려 마중 나온 동반자. 결국 미소 할매는 남편의 투박한 손을 잡고, 이승의 마지막 문턱을 넘어 저승으로 향한다.

사람들은 흔히 말한다. 저승길은 결국 혼자 가는 외로운 길이라고. 그러나 너는 연극을 통해 나직이 속삭이고 싶었다. 저승길에도 다정한 동무가 있다고. 그 길은 황망하고 쓸쓸한 소멸이 아니라, 사랑하는 이의 손을 맞잡고 걸어가는 또 하나의 귀로(歸路)라고 말이다.

연극 속 미소 할매를 위해 남편이 허밍으로 불러주던 상두가는 애절하면서도 눈이 시리게 아름다웠다.

— 어이 허어… 허이 허허. 어허… 어허… 어허… 허허.

너는 간절히 바랐다. 미소 할매가 마지막 길만큼은 꼭 남편의 손을 잡고, 외롭지 않게 떠나기를.

영광이 가까워질수록 너의 어깨는 점점 묵직해진다. 에어컨 냉기가 눈가에 이슬처럼 맺힌다. 오늘 공연장을 채울 영광의 관객들은 과연 어떤 마음으로 무대를 마주해 줄까.

옆자리 아주머니가 궁금한 듯 넌지시 묻는다.

"근디, 그 연극은 워떤 야그를 하는 것이여? 잼나까잉?"

*

버스가 영광 시외버스터미널로 미끄러져 들어선다. 서울을 떠난

지 정확히 세 시간 삼십 분 만이다. 한 시간을 더 달려 무안까지 가야 하는 옆자리 아주머니는 내리는 순간까지 굴비를 꼭 챙겨 먹으라는 당부의 말을 잊지 않는다. 터미널 밖의 공기는 끈끈하고 후텁지근하다. 서울과는 결이 다른 비릿하면서도 무거운 바람의 맛. 낮은 건물들 사이로 잘 닦인 도로와 느긋한 걸음으로 오가는 사람들의 모습이 묘하게 고향의 체취를 풍긴다. 택시에 오르자 길은 산자락을 따라 구불구불 이어진다. 커브를 돌 때마다 몸이 한쪽으로 기울고, 창밖 풍경은 회색 도심에서 짙은 숲으로, 다시 깎아지른 벼랑 위 하늘로 빠르게 교체된다. 어디선가 젖은 흙내음이 바람을 타고 훅 끼쳐온다. 서해의 물빛을 잔뜩 머금은 영광 특유의 냄새일까.

산 중턱에 자리한 영광문화예술의전당은 예상보다 훨씬 웅장하고 단단한 자태를 뽐내고 있다. 건물이 석양빛을 받아 은은하게 번들거리고, 바람에 너울대는 포스터 속 배우들의 익살스러운 얼굴이 너를 반기듯 미소 짓게 했다. 전당 안은 아직 폭풍 전야처럼 고요했다. 마지막 리허설을 끝낸 배우들이 무대 바닥에 등을 붙인 채 거친 숨을 고르다 너를 발견하고는 가볍게 손을 흔들어준다. 너는 준비해 간 먹거리를 살뜰히 챙겨 전해주고, 피디가 예약해 준 숙소에서 잠시 여독을 풀었다.

오후 여섯 시, 다시 극장을 찾았을 때 로비는 이미 인산인해를 이루고 있었다. 650석의 객석이 빈틈없이 채워지는 광경에 너의 가슴이 벅차올랐다. 놀라운 것은 관객 대부분이 극 중 인물들과 생의 궤적이 비슷한 노인들이라는 점이었다. 장성한 자녀의 손을 꼭 맞잡고 온 이들도 있고 홀로 묵묵히 자리를 지키는 이들도 있었다. 그것은 오랫동안 네가 품어온 간절한 바람이었다. 부모와 자식이 나란히 앉아 함께 울고 웃으며, 차마 말로 다 하지 못한 마음의 매듭을 푸는 무대. 배우와 관객이 하나의 호흡으로 엉키는 그런 공연 말이다.

그날 밤, 너의 염원은 기적처럼 이루어졌다. 미소 할매가 마중 나온 남편의 손을 잡고 이승의 문턱을 넘어서는 순간, 객석 여기저기서 억눌린 흐느낌이 터져 나왔다. 남편의 입에서 애절한 상두가가 터져 나오자, 극장 안은 바늘 떨어지는 소리조차 들리지 않을 만큼 정적 속에 침잠했다.

허— 허허— 허— 어— 어—어허—
어허허— 허—허— 허— 허— 허— 어—

소리는 무대와 객석의 경계를 허물며 파도처럼 밀려왔다. 삶과 죽음 사이의 아득한 거리가 한순간에 좁혀졌고, 관객석 노인들의 눈빛은 심연처럼 깊어졌다. *허이허이… 허이허이…*. 인생은 본디 한바탕 걸판지게 놀다 가는 마당놀이라 했던가. 관객들은 극 중 미소 할매를 통해 삶의 구비구비를 되돌아보고, 머지않아 다가올 자신의 마지막을 조용히 긍정하는 듯했다.

그 찰나, 너는 환영처럼 자신이 무대 위로 올라 살풀이 승무를

추는 모습을 보았다. 미지의 세계에 대한 근원적인 두려움을 허물처럼 벗어던진 육신의 춤사위. 허공을 가르는 그 하얀 소맷자락은 밤하늘에 걸린 둥근 달만큼이나 시리도록 눈부셨다.

*

너를 깨운 건 새벽 다섯 시의 서늘함이었다. 호텔에 묵고 있는 배우들과 스태프들이 깊은 잠에 취해 있을 시간, 너는 조용히 몸을 일으켜 짐을 챙겼다. 어제부터 긴장 탓에 제대로 끼니를 넘기지 못한 위장이 쓰리고 아팠다. 복도로 나서자 창 너머로 희끄무레한 새벽빛이 번지고 있었다. 유리창에는 밤새 맺힌 물기가 얇은 피막처럼 덮여 있었다. 너는 손등으로 이마에 남은 열기를 쓸어내리며 캐리어를 끌고 프런트로 향했다.

체크아웃을 마치고 올라탄 택시는 십 분도 채 되지 않아 영광 터미널에 닿았다. 차에서 내리자 터미널 건물 위로 막 세수를 마친 아침 해가 맑게 솟아오르고 있었다. 터미널 건물을 덮고 선 3층 규모의 상가는 아직 잠에서 깨지 않은 듯 고요했다.

'○○한의원', '△△치과', '내과·외과', '안과', '통증클리닉'…

유사한 업종의 병원 간판들이 다닥다닥 붙은 풍경이 이채로웠다. 건물 어딘가에서 갓 구운 빵 냄새가 고소하게 풍겨왔다. 터미널 직원은 8시 20분 버스가 서울행 첫차라고 일러주었다. 다행히 앞쪽에

빈자리가 하나 남았는데 예매하겠느냐 묻는 그녀의 얼굴이 잠을 설친 듯 푸석했다. 너는 표를 끊고 대기실로 들어섰다. 꽤 넓은 대기실 의자에는 빈 곳이 없었다. 마치 노인들만 사는 행성에 불시착한 듯, 자리는 온통 머리 하얀 어르신들이 차지하고 있었다. 그들은 서로 안면이 깊은지 여기저기서 대화가 끊이지 않고 터져 나왔다.

"오늘은 또 워디가 탈이 나서 나온 거여?"

"이가 쑤셔갖고 밤새 뒤척이다 나왔제. 아조 죽겠당께."

"에구, 등신 천치 같이. 미리미리 치료를 했어야제. 아파 죽게 생겨서 오믄 무신 소용이여."

욕설이 섞여도 정겹기만 한 그들의 말맛에 나직이 웃음이 났다. 허리, 무릎, 눈… 성한 데가 하나도 없다면서도 농을 주고받는 정서는 그 무엇보다 다채로웠다. 그러다 문득 눈가가 젖기도 하고, 다시 껄껄대기도 하는 대기실은 지난밤 배우들이 서 있던 무대보다 훨씬 생동감 넘치는 날것의 현장이었다.

"감자는 다 캤는가?"

"양파는 워째 팔았고?"

"올해 값은 좀 쳐주던가?"

삶의 현장에서 길어 올린 질문들이 끝없이 이어졌다. 그때 시내버스 한 대가 승강장으로 들어왔다. 너는 시선을 좁히고 내리는 사람들을 지켜보았다. 이번에도 대부분 노인이었다. 허리를 반쯤 접고 거북이처럼 느릿하게 걷는 이, 다리가 양옆으로 벌어져 위태롭게 휘청이는 이, 지팡이에 의지해 발을 질질 끄는 이… 걸음마다 돌덩이를 매단 듯 저절로 신음이 새어 나왔다.

깊게 패인 눈두덩, 세월이 비틀어 놓은 입술, 몇 개 남지 않은 치아, 땀에 젖어 이마에 붙은 머리칼. 모두가 분장이 필요 없는 배우들 같았다. 그들 자체가 배역이었고 대사였으며, 몸짓 하나하나가 경이로울 만큼 현실적이었다.

"나 암이라 하드라고. 뭐 별거 있간디, 대충 살다 가는 거지."

툭 내뱉는 말에 옆자리 노인이 껄껄 웃으며 맞장구를 친다.

"누가 들으믄 감기 걸렸다고 허는 줄 알겄네잉."

그들의 해학은 절망조차 단숨에 삼켜버리는 힘이 있었다. 너는 마스크를 고쳐 쓰고 그들 틈으로 깊숙이 파고들었다. 휴대전화를 슬그머니 의자에 내려놓고 녹음 버튼을 눌렀다. 파란 불빛이 깜박이며 찰진 영광 사투리를 고스란히 빨아들였다. 그 어떤 명배우도 이토록 생생한 연기를 흉내 낼 수는 없으리라.

그때 한 노인이 너를 힐끗 봤다. 핏발 선 눈자위가 붉었다.

"지금 뭐 하요? 늙은이 처음 보는 사람 모양으로 빤히 쳐다보고."

네가 놀라 고개를 돌리자 노인의 얼굴이 코앞까지 바짝 다가왔다.

"뭘 그리 빤히 보냐고잉. 요 핸드폰은 무신 일로 켜놨어?"

"…그냥요."

"기냥?"

말끝이 은근히 날카로웠다. 마침 옆자리 노인이 바지부터 윗옷까지 훌렁 걷어 올렸다. 다리와 팔 곳곳에 파스가 따개비처럼 덕지덕지 붙어 있었다. 근질거려 못 참겠다며 마구 뜯기 시작하자 주변 노인들이 벌떼처럼 달려들었다.

"아이고, 요 화상 보소!"

순식간에 여러 손길이 달라붙어 파스를 떼어냈다. 누군가는 부채질을 해주고 누군가는 매운 잔소리를 퍼부었다.

"날이 요래 더운디 파스를 이리 붙여대믄 큰일 난당께!"

"한두 장만 붙여도 약발은 똑같은 거여. 뭔 짓이여 이게."

"아파서 그랴, 아파서! 온 몸뚱이가 다 쑤시고 아픈디 워떡혀!"

구부정한 허리들이 동시에 움직이고, 떨리는 손가락들이 분주히 돕는다. 한 노인이 옷매무새를 다독여주고, 또 다른 노인이 팔을 잡아 일으킨다.

"인자 그만 가자고잉. 시방 병원 문 열 시간 다 됐어. 얼릉 가서 의사에게 보여줘."

노인들이 우르르 엘리베이터 쪽으로 향하자 대기실에 앉아 있던 이들이 전부 일어나 그 뒤를 따른다. 무대 위 조명이 꺼지고 배우들이 퇴장한 대기실처럼 갑자기 적막이 밀려든다. 제목을 알 수 없는 트로트 한 곡이 흐느끼듯 흘러나왔다. 가방을 옆에 두고 휴대전화에 몰두한 젊은 남자와 앞자리 노인, 그리고 너만 남았다. 노인이 힐끗거리며 너를 살피더니 말을 건넨다. 윗잇몸에 겨우 남은 검은 치아 두 개가 말할 때마다 위태롭게 흔들렸다.

"아줌씨는 워디 가요?"

"서울요."

"서울? 아이고, 먼 길이라 고생 깨나 허겄구먼."

"좀 멀긴 하죠."

"그라제잉. 여그서 서울 가려면 세 시간 반은 꼬박 잡아야제. 그래도 요새는 길이 좋아져서 옛날보단 훨씬 좋아졌지라."

노인은 너의 모든 것이 궁금하다는 듯 이것저것을 캐물었다.

"근디, 여그는 무슨 일 땜시 왔능가?"

"연극요. 제가 쓴 이야기가 어제 극장에서 공연했거든요."

노인의 눈이 동그랗게 커진다. 깊게 패인 팔자 주름이 꿈틀거렸다.

"연극이라… 허허. 나는 그런 거 잘 모르는디. 그게 머시여, 배우들이 진짜로 나와갖고 하는 거여?"

"네. 무대 위에서 배우가 직접 연기하는 거예요."

"그라믄, 다 같이 울고 웃고 그러겠네잉."

너는 미소로 답하고 말머리를 돌렸다.

"어르신은 왜 혼자만 병원 안 가세요?"

"나는 웬만큼 아파서는 병원 안 가지라. 사람이란 게 뭐든 맛 들이면 자꾸 찾는 법이여. 밥도 그렇잖소? 늙은이가 한 끼면 되는디, 묵다 보믄 세 끼 네 끼 자꾸 욕심이 나제. 여그 할매들 봐라잉. 병원비 싸제, 버스 공짜제, 그러니 하루도 안 빼고 저리 들락날락하는 거여."

"그래도 아프면 병원 가셔야죠. 어디 불편한 데는 없으세요?"

"워째 없겄소, 늙은이 삭신인디. 쑤시고 아파도 쪼깨 참으면 괜찮아져잉. 나 이래 봬도 통뼈여, 통뼈! 히히."

노인의 해맑은 웃음이 텅 빈 대기실을 채운다.

"누구랑 사세요?"

"혼자 살제. 영감은 진즉 하늘나라 갔고, 아들 둘 있는디 큰놈은 며느리한테 꽉 잡혀갖고 멀리 이사 가부렀어. 나는 여그가 젤 좋아. 친구들도 많응께. 그러다 몸 더 안 좋아지면 내 발로 걸어서 요양원 가면 되지 머. 거그가 집보다 백 번 편하다 하드라고."

너는 연극 속 '오지랖 할매'를 떠올렸다. '내 발로 걸어 들어왔다'는 말 뒤에 숨은, 자식에게 짐이 되지 않으려는 어미의 자존심.

서울행 버스 시간이 다가오자 사람들이 다시 모여들기 시작했다. 너는 노인을 홀로 두고 일어서기가 못내 아쉬웠다. 노인은 한숨 섞인 투로 말을 이어갔다.

"근디 문제는 둘째 놈이여. 광주서 직장 다니는디 통 결혼할 생각을 안 혀. 얼굴도 잘생기고 키도 훤칠헌디 뭔 일인지 원… 내가 그놈은 4년제 대학까지 보내줬구먼. 나이가 벌써 쉰 문턱인디, 아조 속 터져 죽을 맛이여."

"좋은 사람 만나면 금방 할 거예요. 저도 아직 안 했는걸요."

"무신 소리여. 농사도 때가 있는 법인디 사람 인생이라고 다르겄냐고잉. 나 죽기 전에 손주 얼굴 보기는 틀린 것 같여. 댁 엄니도 속깨나 썩었겄구먼."

어머니는 말씀하셨다. 억지로 말고 팔자대로 살라고. 한 번뿐인 인생, 남의 눈치 보며 목맬 필요 없다고.

"할머니, 차 한 잔 사드릴게요. 뭐 좋아하세요?"

"그럴 거 없소. 나는 친구들이랑 여그서 마시는 커피믹스가 젤 맛나. 말이라도 고맙구만잉."

그때 터미널 입구 쪽에서 노인 두 분이 걸어 들어왔다. 노인은 벌떡 일어나 그들의 손을 맞잡았다.

"왜 인자 오능가! 내가 월매나 기둘렸는디!"

손을 마주 잡은 노인들의 얼굴에 햇살 같은 미소가 번졌다. 무대 뒤에서 차례를 기다리던 배우들이 화려한 조명 아래로 걸어 나오는 모습 같았다.

"오늘은 또 워디가 탈이 났어?"

"아녀. 근디 왜 혼자 앉아 있능가, 청승맞게."

"나는 미장원 가려고 나왔제. 내일모레 서울 아들네 갈 일이 있어서."

"그랑가? 며느리한테 푸대접 안 받으려면 머리단장부터 곱게 해야제."

"나는 손목이 말썽이라 침 맞으러 나왔구먼. 근디 요 아줌씨는 누구여?"

"서울서 온 분이랴. 아 글쎄, 다방 문 열면 나한테 커피를 사주겄다잖어."

"허허, 서울 부자 아줌씨인가 보네. 워디 산다요?"

"강남요."

순간 노인들의 눈이 일제히 휘둥그레졌다.

"서울 강남? 거봐, 때깔부터 다르잖여. 부자들만 사는 데 아니여, 거그가."

너는 말을 잘못했구나 싶어서 손사래를 쳤다. 서울행 버스가 들어온다는 안내 방송이 울렸다. 너는 지갑에서 만 원짜리 두 장을 꺼내 노인의 손에 쥐여주었다.

"다방 문 열면 세 분이 꼭 커피믹스 한 잔씩 드세요. 전 가봐야 해서요."

"아이고야, 서울 아줌씨! 복 많이 받으실 거여잉!"

노인들의 얼굴에 나뭇잎처럼 싱그러운 웃음이 번졌다. 너는 멀어지는 그 얼굴들 속에서, 그리운 어머니를 보았다.

*

서울행 버스가 플랫폼으로 육중하게 들어섰다. 떠나려니 마음 한 구석이 못내 허전했다. 서울 변두리의 낡은 빌라, 변변치 않은 수입,

미혼인 무명작가. '강남'이라는 화려한 수식어로 잠시 포장했던 초라한 자신을, 터미널의 노인이 마치 친정에 다니러 왔다 돌아가는 딸을 보내듯 지성으로 배웅한다. 너는 울컥 목을 치받는 알 수 없는 뜨거운 덩어리를 꿀꺽 삼킨다.

가면을 쓰고 살아야 하는 도시에서 너무 오래 버틴 탓일까. 너에게도 때로는 견고한 포장이 절실했다. 너는 그 가면 위에 '작가'라는 더 두터운 분장을 덧칠하며 생을 버텨왔다. 버스에 오르기 전, 너는 여전히 무대의 잔열이 남아 있는 듯한 터미널 전경을 다시 한번 돌아본다. 영광에 뿌리 내리고 한 생을 온몸으로 살아낸 이들과의 짧고도 강렬했던 인연. 묵직해진 마음을 두고 돌아서기가 영 쉽지 않았다.

버스가 터미널을 벗어나는 순간, 짙은 매연이 남겨진 풍경을 뿌옇게 덮었다. 상가의 어지러운 간판들과 즐비했던 병원 이름들이 시야에서 서서히 물러났다. 바다가 보이는 곳에 있다는, 흰 수국이 흐드러지게 핀 노인의 집과 다방 문을 열 준비에 분주할 아가씨, 그리고 아직 깊은 잠에 빠져 있을 배우들과 스태프들의 고른 숨결까지 모두 느릿하게 멀어져 갔다. 먼발치로 불갑사의 검은 기와지붕이 스치듯 지나갔다.

너는 대학 시절, 친구들과 함께 불갑산을 오른 적이 있었다. 정신없이 다녀간 산행이라 불갑사가 영광에 있다는 사실조차 그때는 몰랐다. 산을 내려와 절집 앞에 다다랐을 때, 막 법당을 나오던 노보

살이 너희에게로 다가왔었다.

"인연이 닿았응께, 법당에 들어가 삼배라도 올리고 가시지요."

친구들이 머뭇거리자, 보살은 조용히 대웅전 문을 가리키며 말을 이었다.

"저기 좀 보오. 문살에 연꽃이 참 곱게도 피어 있지 않소? 저 연꽃은 모든 망상과 미혹을 떨치고 제 본성을 깨달아 극락에 왕생하기를 바라는 간절한 염원이 담긴 꽃이라오. 이왕 오신 김에 저 문에 얽힌 전설 하나 들려줄까요?"

네가 고개를 끄덕이자 보살은 낮은 목소리로 이야기를 시작했다.

"옛날에 한 조각승이 이 법당문에 연꽃을 새기며 '완성되기 전에는 절대 안을 들여다보지 말라'고 당부했대요. 그런데 공양주가 궁금증을 못 참고 문틈으로 몰래 안을 훔쳐본 거지요. 그 순간 조각승의 모습이 흔들리더니 연기처럼 사라져 버렸다고 해요. 그 바람에 그가 새기던 마지막 연꽃 한 송이는 끝내 미완으로 남게 된 것이지요. 사람들은 그 빈자리가 곧 부처의 가르침자리라 합니다."

보살이 인자한 미소를 지으며 덧붙였다.

"불가에서는 결핍을 통해 아집을 내려놓는(下心) 순간 그 빈자리에 지혜가 깃들며, 안과 밖이라는 분별심을 끊고 한 생각을 돌이키면(回光返照) 지금 서 있는 그곳이 바로 부처의 자리(道場)라고 봅니다. 문살 안의 세계로 굳이 들어가지 않아도 문 앞에서 한 생각 바로 세우면, 마음은 이미 법당 깊숙한 자리에서 그분과 마주하고 있는 거지요."

보살의 그 나직한 법문은 산문을 벗어난 뒤에도 너의 마음속에 오래도록 침잠해 있었다. 절 마당을 나오니 언덕을 붉게 물들인 상사화가 보였다. 잎은 꽃을 만나지 못하고, 꽃은 잎을 보지 못하는, 같은 뿌리에 근원을 두고 있어도 끝내 만나지 못하는 그들의 운명이 너의 눈에는 아픈 상처처럼 보였다.

너는 채워지지 않는 근원적인 허기 때문에 글을 쓴다. 쓰고 또 쓰는 동안에만 그 지독한 갈증이 잠시 가라앉기 때문이다. 입술을 가만히 깨무는 사이, 어둠 속 어딘가에서 '딸깍' 조명이 켜지는 환청이 들린다. 터미널 자동문이 열리고 닫힐 때마다 공간은 찰나의 암전과 광명을 반복한다.

그 빛과 어둠의 한복판으로, 윗잇몸에 겨우 남은 두 개의 치아가 위태로워 보이던 노인이 천천히 걸어 나오는 환영을 본다. 부드러운 조명이 노인의 실루엣을 따스하게 감싸 안는다. 그는 텅 빈 객석 앞에서 생의 모든 힘을 다해 연기한다. 바흐의 무반주 첼로 선율이 흐른다.

모든 대사가 끝난 무대 위, 마지막 조명이 객석의 너를 비추고 노인은 어둠 속으로 스며들 듯 소리 없이 사라진다.

사라짐은 끝이 아니다. 닫히지 않은 미완의 장. 어쩌면 그 미완이야말로 다음 이야기를 여는 통로일 수 있다. 너는 문득, 이별 또한 인연의 다른 이름임을 깨닫는다.

버스는 정확히 어제 떠났던 바로 그 플랫폼에 너를 내려놓는다. 잠시 멈춰 서서 쉼 없이 사람들이 드나드는 터미널 풍경을 응시한다. 스쳐 가는 발걸음, 멀어지는 웃음소리, 은은하게 퍼지는 커피 향…. 가슴속으로 무언가가 잔물결처럼 밀려든다.

모든 것은 변하고 사라지며, 다시 되돌아온다. 그러나 그리움만은 쉽게 바래지 않는 물감처럼 조용히 마음에 남는다. 어쩌면 그리움이야말로 영원히 닫히지 않는 미완의 결정체인지도 모르겠다.

너는 영광에서 그토록 고대하던 알배기 굴비를 먹지 못하고 돌아왔다는 사실을 그제야 알아챈다. 알배기 굴비. 그 사소하고도 먹먹한 결핍이 기어이 눈시울을 뜨겁게 적신다. 너는 그 눈물을 가슴 깊은 곳에 담은 채 집을 향해 느릿하게 발을 내디딘다. 마음 안에서는 아직 끝나지 않은 또 다른 연극의 막이 조용히 열리고 있다.

손의 기억

안중익 지음

발행처 도서출판 청어
발행인 이영철
영업 이동호
홍보 천성래
기획 육재섭
편집 이설빈
디자인 이수빈 | 구유림
인쇄 정우인쇄

등록 1999년 5월 3일
(제321-3210000251001999000063호)

1판 1쇄 발행 2026년 4월 30일

주소 서울특별시 서초구 남부순환로 364길 8-15 동일빌딩 2층
대표전화 02-586-0477
팩시밀리 0303-0942-0478
홈페이지 www.chungeobook.com
E-mail ppi20@hanmail.net

ISBN 979-11-6855-447-4(03810)